講談社文庫

領地の乱

公家武者信平《のぶひら》ことはじめ(十二)

佐々木裕一

JN020018

講談社

目　次

領地の乱――公家武者信平《のぶひら》ことはじめ(十二)

第一話　あくび大名

一

今朝の江戸は、昨日雪がちらついていたのが嘘のように晴れ渡り、日当たりが良い南向きの部屋は暖かい。

外障子を開けている部屋からは、咲きはじめた蠟梅の花を見ることができ、ここで産後を過ごしている松姫《まつひめ》は、産着に包まれた福千代《ふくちよ》を抱いて、景色を楽しみながら乳を飲ませている。

そんな松姫の横顔を見ていた鷹司《たかつかさ》松平《まつだいら》信平《のぶひら》は、我が子を慈しむ姿に、こころが温かくなった。幼少の頃より家族の縁が薄かっただけに、血を分けた子がいるのが夢のようでもある。

松姫は、乳を飲みながら眠った福千代を縦抱きして顔を肩に置き、背中をさすってやりはじめる。

乳を吐かぬようにするためだと、竹島糸《たけしまいと》から教えられている信平は、福千代が出したげっぷの大きさに松姫と二人で驚き、笑った。

布団に寝かされた我が子の小さな手を触りながら、松姫に言う。

「そなたのおかげで、麿は幸せじゃ」

松姫は嬉しそうに微笑む。

「わたくしも」

「冷えるといけぬ、朝餉が来るまで横になって休んでくれ」

手を添えて横にさせようとした時、朝餉の膳を持って来た糸が、信平と松姫が抱き合っていると勘違いして背を向け、空咳をした。

信平が松姫から離れて座ると、

「お邪魔をいたしました」

糸は満面に笑みを浮かべて言い、膳を置く。

「奥方様、お乳がよく出るように、たくさんお召し上がりください」

豆の煮物に、餅入りの汁物、小魚の佃煮などが並ぶ膳を前に、松姫は嬉しそうな顔をする。

一旦表に戻った信平だが、暇さえあれば部屋に来て過ごしていた。

夕方にも来て我が子を抱き、腕の中ですやすやと眠る顔を見ながら夫婦で語っていると、廊下で善衛門の声がした。

「殿、ご無礼つかまつる」

部屋の前に来た善衛門は、福千代が眠っているのに気付くと己の口を手で塞ぎ、目尻を下げる。

「おお、なんとも可愛らしや」

小声で言い、居ずまいを改めて信平に告げる。

「迎えの駕籠《かご》がまいりましたぞ」

「ふむ」

今宵《こよい》は、旗本加藤因幡守定正《かとういなばのかみさだまさ》の屋敷《やしき》で催される猿楽《さるがく》の宴《うたげ》に招かれている。

すでに身支度を整えていた信平は、福千代を松姫に預けた。

「では行ってまいる」

「お見送りを」

「よい。ゆるりとしてくれ」

信平は玄関に行き、式台《しきだい》につけられた迎えの駕籠に乗ると、佐吉一人を供にして出かけた。

二

信平と定正は、江戸城で何度か顔を合わせるうちに親しくなり、このたび初めて、屋敷に招かれた。

定正は八千五百石の大身《たいしん》であるが、威張るような人物ではなく、のんびりとした、穏やかすぎるとも思える気性のせいか、江戸城の廊下を歩む時、あくびをしている姿をよく見かける。

今年二十七歳になった定正は、大身でありながら公儀の役目に就《つ》いていないので、呑気者《のんきもの》、昼行灯《ひるあんどん》と陰口をたたく者もいるが、それはほんの一部で、皆から慕われている。

三年前に正室《せいしつ》を病で亡くして以来独身で、側室《そくしつ》もいない定正は、長らくこころを塞《ふさ》いでいたというが、一年ほど前から笑みを見せるようになり、近頃はすっかり立ち直り、いつもの定正に戻っている。

その定正が暮らすのは、神田橋御門《かんだばしごもん》外の堀端に三千坪を有する屋敷だ。

信平を乗せた駕籠は表門から屋敷内に入り、母屋《おもや》の式台につけられた。

加藤家の用人上村衿太夫《うえむらきんだゆう》がうやうやしく頭を下げて出迎え、ひとまず休息の間《ま》に通された。

そこで佐吉と待つこと四半刻《しはんとき》（約三十分）、家中の若党が迎えに現れ、宴の場へ案内された。

定正は猿楽《しつら》をこよなく愛し、自ら舞うだけあって、庭を挟んだ向こう側には、立派な舞台が設えられている。

「こちらに」

若党に示された場所に信平は座った。後ろに控えた佐吉が、すぐさま耳打ちをする。

「たいそう大がかりでございますな」

信平の他に、十名ほどの旗本が招かれている。

両隣の席に着く旗本にあいさつをし、離れた場所に座している顔見知りの者には軽く頭を下げて互いに微笑《ほほえ》んでいると、定正が現れた。

裃《かみしも》の正装をして下座にかしこまると、招待客を見回すようにして、

「皆様、今宵はようお越しくださいました」

定正らしくおおらかに告げて低頭する。

気を遣《つか》って口上を短くすませた定正は、引き締めた顔を上げた。

「終わりに、皆々様方にご報告がござる」

皆が、改まって何ごとかと、注目する。

「このたび上様《うえさま》より三千石の御加増を賜《たまわ》り、肥前《ひぜん》に領地替えのうえ、陣屋を構えることとあいなりました」

「三千石の加増ということは、合わせて一万一千五百石。大名ではないか」

篠田《しのだ》という旗本が言うと、定正にとって同輩ともいえる親しい一同から、おお、というどよめきが起きた。

「我らの中では一番の出世。いや、めでたい」

石塚某《いしづかなにがし》が喜び、隣に座っている信平に、屈託のない笑顔を向けた。

「信平様、我らも負けてはおれませぬ。共に励みましょうぞ」

なんだか善衛門に言われたような気がした信平であるが、顔には出さずにうなずいた。

「今宵は祝い酒でございます。時が許す限り、どうぞこころゆくまでお楽しみください」

　定正の言葉で、酒宴がはじまった。

　篠田が銚子《ちょうし》を持って定正の前に行き、あぐらをかいて座る。

「めでたい、飲め」

「ありがたい」

　盃《さかずき》を差し出した定正に、篠田が酒を注いでやる。

「これで、呑気者、昼行灯などという者はおるまい。のう、みんな」

「おう」

　一同が応じると、篠田が意地の悪い笑みを向けた。

「おぬしは今日から、あくび大名じゃ。がははは」

　盃を口に運びかけた定正は、呆気《あっけ》に取られた顔をしたものの、

「あくび大名か、のんびりしていて良いな」

　などと言い、明るく笑う。

　知らぬ者が聞けば暗君《あんくん》かと思うだろう。

　江戸城の本丸に上がりながら、あくびばかりして廊下を歩む定正の姿は、何ごとにも無関心のように思われがちだが、実は勤勉の者で、政《まつりごと》にも精通している敏腕の殿

様なのだ。

この場にいる者は、皆そのことを知っている。ゆえに、口には出さずとも、公儀が定正を大名にしたのは、いずれ近いうちに、若年寄《わかどしより》に任命するためであろうと思っている。

あくび大名と言った篠田が、目を赤くして定正の肩をつかんだ。

「肥前に行ってしまうのか」

参勤交代《さんきんこうたい》で領地へ入れば、一年は江戸に帰ってこない。

例外なく参勤交代を課せられる定正は、生まれ育った江戸を離れるのが寂しいのか、浮かぬ顔でうなずいた。

「みんなとこうして酒を酌《く》み交わせぬようになると思うと、寂しい」

定正の言葉に、篠田が洟《はな》をすすった。

「何を言う。出世したのだ、喜べ」

「うむ」

なおも浮かぬ顔をする定正を見て、江崎《えざき》某という旗本が手を打った。

「分かったぞ、定正。おぬし、井《い》の頭《かしら》に行けなくなるのが寂しいのであろう」

定正がはっとした。

「知っているのか」

「当たり前だ。おれは隣に暮らす幼馴染《おさななじみ》だぞ。おぬしが愛馬を駆って井の頭へ遠乗りをするのを何よりの楽しみにしていることを知らずと思うてか」

「おお、そうか、そのことか」

信平はこの時、定正が安堵《あんど》したように見えた。

定正が、江崎に言う。

「まったくそのとおりで、当分行けなくなると思うと、気が滅入《めい》る。肥前の領地は谷深いと聞いているので景色はよかろうが、わたしは井の頭が好きなのだ」

なんだそんなことかと、江崎が笑った。

「肥前の田舎であれば、井の頭よりも美しい場所はきっとある。それに己の領地だ。遠乗りを公儀に届ける手間もないのだから、誰に遠慮することなく思いっきり走り回れ」

「そう、だな」

定正は歯切れの悪い返事をした。

江崎が身を乗り出す。

「皆で遠乗りへ行かぬか。信平様、いかがでございます」

「麿《まろ》は構わぬが」

「では、決まりということで」

他の者も賛成したのだが、定正が拒《こば》んだ。

「すまぬ、領地替えのことで何かと忙しくなるので、今は行けぬ」

定正が膝を転じて、信平に向いた。

「信平様、遠乗りの件は、また改めて誘わせていただきとうございますが、よろしいですか」

「ふむ。いつでも誘ってくれ」

定正は、安堵してうなずいた。

「では、舞の支度にかかります。ごゆるりと」

「ふむ」

程なく猿楽がはじまり、定正は大取りで猩々《しょうじょう》を舞った。

祝言物《しゅうげんもの》の演目は、今宵の宴席に相応《ふさわ》しいもので、皆は、定正の舞を当分見られぬようになると思い、酒を飲むのも忘れて見入った。

こうして遅くまで酒を酌み交わした信平は、未明に定正邸を辞し、赤坂《あかさか》へ帰った。

この時信平は、定正が見せた浮かぬ顔の真意に、まったく気付いていなかったのだ。

三

猿楽の宴から五日後の江戸は、からりと晴れていた。

領地替えで忙しく働いている定正の朝餉《あさげ》には、精が付く物が上げられた。

遅くまで書類に目を通していた定正は、世話をする小姓《こしょう》が魚の骨を取り除くのを見ているうちに大あくびをした。

骨を綺麗《きれい》に取り除き、食べやすくされた魚を小姓が定正の前に置き、頭を低くして下がった。

ひと口食べた定正は、旨《うま》いと言って箸《はし》を置き、庭に目を転じた。

「今日は良い天気だ」

そう言いながらも、頭の中では別のことを考えている。

「旨い魚を食べているだろうか」

ぼそりと漏《も》らした言葉に、小姓が問う顔をする。

「いや、なんでもない」

定正は誤魔化《ごまか》して箸をすすめ、ふとしてまた考える。

食事を終える頃には、どうしても行きたくなり、廊下に控えている小姓に告げる。

「上村をこれへ」

「はは」

応じた小姓が去って程なく、上村が食事の間に入ってきた。

「殿、いかがなされましたか」

「うむ。明日は息抜きをしたい。井の頭へ行くぞ」

「それはまた、急でございまするな。鷹司松平様、篠田様のお誘いはいかがなされます」

「明日のことを今日誘うては失礼にあたるので、今回はよしておこう。三吉《さんきち》に伝えてくれ」

上村があからさまに表情を曇らせた。

「また、三吉と二人ですか」

「いつものことではないか」

「たまには、それがしにお供をさせてくだされ」

「そう言うな。忙しいそなたに負担をかけとうないのだ。参勤交代の旅支度が整った折には、二人でまいろう」

初めて誘われて、上村は明るい顔をして頭を下げ、公儀に届けるために定正の前から去った。

急なことだったが、翌朝早く、定正は愛馬に跨《また》がって屋敷を出た。

朝もやの立ち込める町の通りには人がほとんどいない。

野袴《のばかま》を着けて遠乗りの身なりをしている定正は、逸《はや》る気持ちを抑えて馬を走らせた。

馬の後ろを、中間《ちゅうげん》の三吉が離れずに駆けていく。

三吉はたいそう健脚の者で、およそ五里（約二十キロ弱）の道のりを文句も言わずに走り、馬に付いてくる。また、従順で寡黙《かもく》な三吉は、見たこと聞いたことを決して他の者に漏らさぬので、定正はこの者を信頼し、井の頭への遠乗りの時は、必ず供にしている。

別にやましいことをしている定正ではないのだが、大身旗本の家に生まれた身。幼い頃から常に人がそばに付いているので、一人で外へ出た記憶がない。

遠乗りに三吉と二人で出るようになったのは、妻を喪《うしな》い、気が塞いでいた頃のことで、当時存命だった父貴正《たかまさ》から、たまには外で憂《う》さを晴らせと誘われたのがきっかけだ。

孤独を愛する父貴正は、お役目に疲れると必ず三吉を連れて遠乗りに出ていた。初日は父に連れられ、三人で遠乗りへ出た定正は、初めて見る井の頭の景色に魅了《みりょう》された。

江戸城下に引かれた神田上水《かんだじょうすい》の源《みなもと》である池の水は透きとおり、ほとりにある柳がなんとも風情《ふぜい》があり、塞いでいたこころが洗われるようであった。

それから僅《わず》か半年後に、父貴正が心の臓の病で急逝《きゅうせい》した時も、定正は父から教えられた遠乗りへ出て、池のほとりで頰《ほお》を濡《ぬ》らした。

その時も三吉は、遠くから定正を見守り、決して他言しなかった。井の頭を好んだ父親も、屋敷では見せぬ顔を三吉には見せていたのだろうかと、定正は思うことがある。

そして今、三吉は、上村も知らぬ定正の秘密を知っているのだ。井の頭へ行き、美しい景色を見るはずの定正が、馬を止めた。追い付いた三吉が、馬の横で片膝をつく。

「三吉」

「はは」

「今日は井の頭はなしじゃ。渋谷《しぶや》のいつもの場所で待っておれ」

「承知いたしました」

馬を転じた定正は、別の道へ進めた。

途中まで共に行った三吉は、渋谷の町へ通じる道に入った。

小走りで行く三吉を見ていた定正は、田畑の先に見える森の方角へ馬を走らせた。

四

定正が遠乗りに出た日、信平は、江戸城へ登城し、新領地の目録を四代将軍家綱《いえつな》から直々《じきじき》に受け取っていた。

「彼《か》の地は気候穏やかで豊かな土地と聞く。信平、頼むぞ」

「はは」

目録を押しいただくようにして下がり、着座すると、上座の右側に座っている老中《ろうじゅう》の松平伊豆守《いずのかみ》が顔を向けた。

「信平殿、二千四百石になったからには家臣を増やさねばならぬが、目星は付けておられるのか」

「中間は増やしておりますが、侍となりますと、なかなか」

「用人は葉山善衛門、給人《きゅうにん》は江島《えじま》佐吉といったところか」

上座の左側に座る阿部豊後守《あべぶんごのかみ》が言うので、信平は顔を向けてうなずいた。

給人とは、主人《あるじ》に付き添って身の周りの世話や補佐をする役のことだが、周知のとおり、信平はそのような役目を厳格に分けていない。

通常旗本では、大名家の家老にあたる用人を家臣の長とし、給人、中小姓《ちゅうごしょう》、若党、中間が奉公しているが、信平の家臣は、俸禄《ほうろく》に対する人数が少ない。

豊後守が伊豆守と目を合わせてうなずき合い、家綱に顔を向けて了解を得ると、信平に告げた。

「信平殿、ここに五名の覚書《おぼえがき》がある。旗本の次男三男ばかりじゃが、皆できる者だ。じっくり目を通して、これと思われる者を選ばれよ」

「善衛門とお初《はつ》には頭が上がらぬほど世話になっております。このうえ、上様の臣下をいただくわけには」

「遠慮はいらぬ」家綱が言った。「葉山善衛門は隠居の身であるうえに、自ら望んでそちのそばにいるのだ。この者たちにしても、養子縁組に恵まれなければ生涯部屋住み。立身が望める信平の家臣になれるかもしれぬと、飛び付いてきおった」

「おそれ多いことでございます」

「何人でも、これと思う者を家臣にするがよい」

「はは」

平身低頭する信平に満足そうな顔でうなずいた家綱が、黒書院から出ていった。

豊後守が立ち上がり、信平に告げる。

「焦らずともよい。これと決めた者と会いたければいつでも言うてくれ」

「お心遣い、痛み入ります」

「礼なら伊豆守殿に言え。信平殿に優れた家臣をと上様に言上《ごんじょう》したのは伊豆守殿だ」

「さようでございましたか」

信平が伊豆守に膝を転じて頭を下げた。

伊豆守はひとつ咳《せき》ばらいをして立ち上がり、

「気に入る者がおるとよいな」

無愛想に言うと、家綱を追って中奥へ行った。

昼過ぎに下城して赤坂の屋敷に帰った信平は、善衛門に目録を見せた。

「上総国《かずさのくに》は気候も穏やかで、海の幸に恵まれていると聞きまする。御領地の下之郷村《しものごうむら》は、どのようなところでありましょうな」

善衛門が嬉《うれ》しそうな顔で目録を返し、

「下見《したみ》は、是非ともそれがしにおまかせくだされ」

張り切る姿は、すっかり用人である。

承知すると、善衛門はすぐにでも行く構えを見せたので、信平は止めた。

「賜った領地の統治はまだ先のことゆえ、焦ることはない」

「さようでござったな。これは、待ち遠しゅうござる」

「歳《とし》を取ると気が急《せ》くというのはほんとうでございますな、御隠居」

庭に現れた五味正三《ごみしょうぞう》が言うので、善衛門がじろりと睨《にら》んだ。

「また勝手に入りおってからに。この無礼者」

「まあまあ、短気は身体《からだ》に毒ですぞ」

軽く受け流した五味が、信平に笑顔を向けて会釈《えしやく》をした。

「新しい領地は下之郷村でしたね」

「ふむ」

「あそこはいいところですよ」

善衛門が五味に驚いた。

「おぬし、知っておるのか」

「いやいや」

五味が手をひらひらとやり、

「おれは八丁堀《はっちょうぼり》で生まれてこのかた、東は深川《ふかがわ》、北は千住《せんじゅ》の梅田《うめだ》村までしか行ったことがありません」

と、とぼけた顔で言うので、善衛門が不機嫌になった。

「なんじゃ、いかにも見てきたような言い方をしおって」

「御隠居、おれは町方同心ですよ。受け持ちの商家の中には、長柄郡《ながらごおり》の出身の者もおりますから、この耳で聞いたのです」

「そうか、土地の者を知っておるか」

善衛門は手の平を返し、笑みを浮かべる。

「わしが悪かった。して、どのような場所なのだ」

すると五味が、目を細めて遠くを見るような顔をして、両腕を広げて言う。

「大海に面した土地は夏涼しく、冬は暖かい。高い山がないので領地を流れる一宮川《いちのみやがわ》は雨が降っても暴れることなく、米は毎年のように豊作。よって、過去に大きな一揆《いっき》が起きたことがないそうです」

善衛門が膝をたたいて喜んだ。

「殿、ひょっとすると、千石以上の石高を望める良い領地を賜ったやもしれませぬぞ」

信平がうなずき、五味に訊《き》く。

「領地に海はあるのか」

「いえ、近いですが、海に面した土地は天領《てんりょう》だそうです」

「さようか。では、海の恵みは望めぬか」

塩田《えんでん》を期待していた信平は、肩を落とした。

塩は暮らしに欠かせぬ物。海の恵みを得ることができれば家も潤《うるお》うし、領民のためになると考えていたからだ。

善衛門が言う。

「あのあたりは塩田がござるゆえ、御公儀は天領から外《はず》されまい。されど殿、今聞いた限りでは、新しい領地は良さそうですぞ」

「ふむ、そうであるな」

信平は、お初が出してくれた湯呑《ゆの》みに手を伸ばし、茶をすすった。

縁側に腰かけている五味が、お初が置いてくれた茶菓子を食べた。

「甘い物を食べると落ち着きますな」

すました顔で黙っているお初に顔を向けた五味が、湯呑みにひょっとこのような口を伸ばして茶をすする。

「茶も旨い」

「それはようございました」

お初が唇に微笑を浮かべて、台所に下がった。

茶菓子を懐紙《かいし》に包んで墨染《すみぞめ》の紋付き羽織《はおり》の袂《たもと》に入れた五味が、茶を飲み干して湯呑みを折敷《おしき》に置き、見廻《みまわ》りに戻ると言って腰を上げた時、佐吉が庭に駆け込んだ。

「殿、加藤因幡守殿が大ごとにございます」

慌《あわ》てた様子に、信平が立ち上がる。

「いかがした」

「背中に矢を刺されたまま、助けを求めてまいられました」

「すぐ中へ」

「すでにお助けしております。お部屋はどちらにいたしましょう」

「客間じゃ。床《とこ》の支度を」

応じた善衛門が、すぐさま指図した。

「五味、おぬしも手伝え」

「はい、はい」

皆が立ち上がり、怪我人《けがにん》を受け入れる支度にかかった。

信平が表に行くと、式台に倒れている定正を門番の八平《やへい》が診ていた。

「八平、すぐ昆陽《こんよう》殿を呼んでまいれ」

「ただいま鈴蔵《りんぞう》様が向かっておられます」

答えた八平に、信平がうなずく。

背中に矢が刺さったままの定正は、すでに気を失っていた。出血は少なく、傷は浅いようだが、抜けば血が噴き出る可能性があるので、信平は触らなかった。

善衛門が来て支度が整ったと言い、戸板を外して持って来た佐吉と中井《なかい》春房《はるふさ》が力を合わせて定正を運んだ。

鈴蔵に呼ばれて駆け付けた渋川《しぶかわ》昆陽が、定正の着物を切り、背中に刺さっている矢を慎重に抜いた。

傷口からの出血は少ない。

血を拭い、傷を調べた昆陽が信平に真顔を向ける。

「肩に近く、肺の急所は外れておりまする。命に別状はございますまい」

「そうか」

「出血しておりますし、傷が開きますので、四、五日は安静に願いまする」

「うむ、世話になった」

頭を下げる信平に、昆陽が言う。

「若さまの様子はいかがでございますか」

「元気じゃ。抱いてやってくれ」

「はい。では、さっそくに」

昆陽は桶《おけ》の水で手を洗い、いそいそと奥へ行った。

昆陽の様子からして、定正の傷は幸い軽い。

信平は安堵したものの、一抹《いちまつ》の不安が脳裏《のうり》をかすめた。

大名になった者が矢で背中を射られるとは、尋常《じんじょう》なことではない。いったい、何があったのだろうか。

呻《うめ》き声を吐いた定正が目を開けたので、信平は声をかけた。

「定正殿」

うつ伏せで朦朧《もうろう》とした顔をしている定正が信平に目を向ける。

「信平様」

ここが信平の屋敷であることを思い出したように、定正は目を見開いた。

「迷惑をおかけして、かたじけのうござる」

「そのような気は遣われず、今は養生してください」

「このような醜態を曝《さら》し、まことに、お恥ずかしい」

痛みに顔を歪《ゆが》める定正は、背中の傷もそうだが、心痛もあるのか、別人のように意《い》気消沈《きしようちん》している。

「何があったのです。襲った相手に心当たりはおありか」

信平の問いに、定正は首を横に振った。

「ご家中の方は、ご無事か」

「はぐれてしまい、分かりませぬ」

旗本が馬を駆って遠乗りに出て家臣とはぐれ、曲者《くせもの》に背中を射られて傷付けられたことが公儀の耳に入れば、不覚を咎《とが》められ、大名への昇進が取り消しになるどころか、改易《かいえき》になる恐れがある。

あくびばかりしているくせに、と、これまで定正を軽んじていた輩《やから》が先を越されて妬《ねた》み、襲ったのだろうか。

そう思った信平は、もう一度心当たりを訊いたが、

「いや、まったくござらぬ」

定正はそう答えて、辛《つら》そうに目を閉じた。

その様子を見て、身体の傷ではなく心痛からきているように思えた信平は、言えぬ事情があるに違いないと思い、深く立ち入ることをやめた。

「しばらく動かさぬよう医者に言われている。屋敷には無事を知らせるゆえ、安心して養生されるがよい」

「まことに、かたじけない」

定正は、口ほどにものを言う目を信平に見られたくないのか、瞼《まぶた》をきつく閉じて顔を反対に向けた。

用人の上村衿太夫が信平の屋敷へ駆け付けたのは、この日の夜のことだ。

痛み止めが効いた定正は眠っていたので、信平は上村を別の客間に入れた。

客間に入るなり、上村は平身低頭した。

「このたびはまことに、ご迷惑をおかけしました。これは気持ちでございます。些少《さしょう》ながらお納めくださぃ」

小判二百両もの大金を差し出すので、信平は受け取らなかった。

「麿と定正殿の仲ではないか。水臭い真似《まね》をいたすな」

「どうか、お納めを」

一歩も引かぬ上村の態度には、これをもって他言無用にしていただきたいという、強い気持ちが表れている。

その気持ちを汲《く》んだ信平は、

「では、医者代を頂戴いたそう」

渋川昆陽に渡す二両のみを受け取り、あとは返した。

不安そうな顔をする上村に、信平が言う。

「このことは、門外には出さぬ。医者も口が堅い者ゆえ、心配は無用じゃ」

「まことに、かたじけのうございます」

「定正殿から何度も礼を言われておる。頭を上げられよ」

「はは」

「それより、心配なのは定正殿じゃ」

上村が不安そうな顔をした。

「傷は、浅いのでは」

「そうではない。ここじゃ」

信平は胸に手を当てた。

「何か悩んでおられるご様子。襲われたわけを知っているか」

「そのことでございますが、恥ずかしながら、何が何やらさっぱり分かりませぬ。供をした者を問い詰めましても、これが頑固者《がんこもの》でございまして、はぐれた、としか言わぬのです」

「上村殿も、何か隠しごとがあると思われるか」

信平が見据えて問うと、上村はうなずいた。

「殿にお訊《たず》ねいたさねば分かりませぬが、供の者が何か隠しているのは間違いないのです。その者は口は堅いですが、嘘《うそ》を言いますと必ず顔に発疹《ほっしん》が浮きますので」

「浮いたか」

「顔中真っ赤にございます。されど、殿のお気に入りの中間ゆえ、拷問《ごうもん》をするわけにもいかず。襲われたのがどこか、相手の見当すらもついておりませぬ」

「矢を射られるとは尋常ではない。傷が癒《い》えられるまで、ここで養生されたほうがよかろう」

「それが悠長にしてはおられませぬ。参勤交代の支度が間に合いませぬので、殿には無理をして屋敷にお戻りいただかねば」

「今動かせば傷が開く。五日、いや、四日待たれよ」

信平が譲らぬので、上村は折れて従い、この日は神田に帰った。

五

二十七歳の定正は、

「若いというのは良いですなぁ」

と善衛門に言わせるほど、日に日に顔色が良くなり、四日目の朝には、自力で歩けるまでに回復していた。

約束の朝。

迎えに来た上村は、総勢百名の侍と中間を引き連れ、軍役さながらの警戒ぶりだ。

「これでは目立つであろうに」

善衛門がため息まじりの小声で言い、門前に止まる行列を見ている。

信平に付き添われた定正が、式台につけられた大名駕籠を見て、表情を曇らせた。

「上村、この騒ぎはなんとしたことだ」

駕籠のそばで待っていた上村が片膝をつく。

「ふたたび殿が襲われるようなことがござれば一大事。備えを固めるのは当然のことにございます」

定正は押し黙り、駕籠に乗り込んだ。

「傷が痛みはせぬか」

信平が気遣うと、定正が笑顔でうなずく。

「おかげで助かりました。改めて礼にまいります。江戸を発つまでには、また酒を酌み交わしましょう」

「承知した」

「では」

「定正殿。見舞いに行ってよろしいか」

信平の申し出に定正が驚いた顔をしたが、

「是非」

嬉しそうに応じ、頭を下げた。

馬廻《うままわ》り衆に守られた駕籠が門外に出ていき、行列の者たちが立ち上がる。

騎馬までいる行列に守られた定正の駕籠は粛々《しゆくしゆく》と進み、神田の屋敷に帰っていった。

善衛門がやれやれと言って、信平に顔を向ける。

「まるで戦《いくさ》に行くような行列でしたな」

「うむ」

「定正殿は、ただならぬことを抱えておられるようじゃが、何か申されましたか」

「何も話されぬ」

「さようでござるか」

善衛門は軽い返事をした。これで関わりは終わったと思っているようだが、信平は違う。

「今は大事な時。悪いことが起きなければよいが」

近習《きんじゅう》が駕籠の戸を閉める時に定正が見せた浮かぬ顔が気になっていた信平は、落ち着いたであろう頃を見計らい、見舞いに行くことにした。

そして、定正が帰って六日後。所用で登城した信平は、帰りに神田へと足を向けた。

「傷はようなっておられましょうか」

佐吉が訊くのにうなずいた信平は、加藤家の門から出てきた男に目を止めた。

四十半ばらしき浪人は、信平に見られているのに気付くと、目を避けるように編笠《あみがさ》を目深《まぶか》に被《かぶ》り、足早に去った。

「殿、いかがなされました」

訊く佐吉に、なんでもないと答えた信平は、門に歩んだ。

いち早く信平に気付いた門番の一人が飛んで出てきて頭を下げ、もう一人は人を呼びに走った。

「ただいま門を開けまする」

門番が潜《くぐ》り門から入って正門を開けると、中で用人の上村が待っていた。

信平に頭を下げる。

「先日はお世話になりました。忙しさに甘えてお礼にもうかがわず、無礼をお許しください」

「礼はしてくれたではないか。気遣いは無用ぞ」

「おそれいりまする」

「今日は登城のついでに立ち寄った。定正殿はいかがか」

「傷は日に日に、ようなられてございます」

「それは良かった」

「ささ、中へ」

「ふむ」

信平と佐吉が門内に入ると、上村が通りに出て、あたりを見回してから戻ってきた。

「先ほどの浪人が気になるのか」

信平が訊くと、上村がはっとした。

「い、いえ」

「浮かぬ顔をしておられるように見えるが」

「………」

上村は何も言わず、顔をうつむける。

気になった信平は、訊かずにはいられなくなった。

「あの浪人は、定正殿の怪我と関わりがある者か」

「そ、そのようなことはございませぬ」

上村は口では否定したが、顔にはそうだと書いてある。

「憂いごとがあるなら、麿に話してみぬか。微力ながら手を貸そう」

すがるような目を向けた上村が、信平を上屋敷《かみやしき》の客間に案内し、人払いをした。

二人きりになったが、上村は戸惑っているらしく、なかなか口を開かない。

締め切られた部屋に重い空気が漂う中、上座に座る信平は、黙って上村が口を開くのを待っている。

苦渋《くじゅう》の表情をした上村が畳に両手をつき、信平に告げる。

「門前で信平様とすれ違った男は、辻本末則《つじもとすえのり》という浪人者でございます」

「仕官の口を頼まれたのではあるまい」

信平の言葉に、上村は神妙に応じる。

「厄介《やっかい》なことになりました」

「それは、定正殿の怪我と関わりがあるのだな」

上村が辛そうに答える。

「信じたくはありませんが、殿は、辻本の一人娘を手籠《てご》めに――」

手籠めにした、と言い切る前に、上村は、たまりかねた様子で腕を口に当て、涙を堪《こら》えた。

「何かの間違いであろう。定正殿がそのようなことをされるはずはない」

信平は否定したが、上村は首を横に振る。

「先ほど、供をした中間を問い詰めましたところ、殿は遠乗りをされるたびに、中間を渋谷の町で待たせ、一人でどこかへ行っておられたようなのです」

「そのことは、辻本殿の娘に関わりがあるのか」

「これまでのことは分かりませぬが、此度《こたび》は……」

言葉に詰まる上村に、信平が訊く。

「何があった」

「殿が娘を手籠めにしているところを、辻本殿が見たそうなのです」

辻本は、定正が娘を犯したと言い、詫《わ》び金を払わなければ、乱暴な振る舞いを知り合いの旗本に訴え、必ず将軍の耳に入れると脅して百両を要求していた。

「言われるままに、金を渡されたか」

信平の問いに、上村が悔しげな顔でうなずく。

「定正殿は知っておられるのか」

「むろんにございます」

「では、手籠めを認めたのか」

「いえ。殿は、そのようなことはしておらぬと申されたのですが、金を払えとお命じに」

「身に覚えがないと言いながら、何ゆえ金を払う」

考える信平に、上村が両手をついた。

「信平様、百両を手にした辻本の顔つきを見る限り、このまま黙って引き下がるとは思えませぬ。どうか、お知恵をお授けください。このとおりでございます」

信平は、平伏する上村に頭を上げさせた。

「あい分かった。まずは、定正殿に真意を確かめたい」

「はは。こちらへ」

上村の案内で、信平は定正の寝所《しんじょ》に向かった。

表御殿と奥御殿の中ほどにある寝所の前には、築山が見事な庭園がある。

廊下に片膝をついた上村が、開けられている障子の角から声をかけた。

「殿、松平信平様がお見舞いにお越しくださいました」

中にいた小姓が顔を出し、

「どうぞ」

上村と信平を促《うなが》す。

上村に続いて信平が寝所に入ると、敷布団《しきぶとん》であぐらをかき、呆然《ぼうぜん》とした様子で庭を眺めていた定正が、微妙な笑みを浮かべて頭を下げた。

「信平様。わざわざのお越し、痛み入ります」

「傷はいかがか」

「おかげさまで、二、三日内には床払いができそうです」

「身体はようなっても、心痛は癒えておらぬようにお見受けいたす」

信平がずばり言うと、定正が驚いた。そしてすぐに、上村に険《けわ》しい顔を向ける。

「衿太夫、しゃべったのか」

黙ってうつむく上村を、定正は責めなかった。

信平を見て、

「これは、とんだ誤解なのです」

そう言ったものの、定正の表情は晴れない。

「誤解?」

「さよう。誤解です。わたしは、手籠めになどしていない」

「そのことを辻本殿に言っても信じてもらえぬゆえ、その場しのぎに金を出したと言われるか」

「あの場を見てしまっては、信じろと言っても無理でしょう」

「誤解を招くようなことがあったと……」

信平の問いに、定正は無言でうなずく。

「何があったのです」

「…………」

「定正殿、怪我を負わせたのが辻本殿であるなら、一人で抱え込まぬほうがよい」

「殿、お話しください」

信平と上村に促されて、定正はようやく口を開いた。

辻本の娘鶴江《つるえ》と定正の出逢《であ》いは一年前だった。

その頃は、十数名の供を従えて遠乗りへ出ていた定正であるが、森の中の道で馬を走らせすぎ、供の者たちとはぐれてしまった。

馬の手綱《たづな》を引いて山道を歩んだ定正は、やっとの思いで山から脱出したものの、見知らぬ土地で右も左も分からなくなり、困り果てていた。

馬を引いて田圃《たんぼ》道をうろついていた時、畑で働いていた女を見つけた定正は、道を尋《たず》ねるために声をかけたのだが、手を止めて顔を上げた女の美しさに、一瞬にしてこころを奪われたのだ。

その女が、鶴江だった。

鶴江から江戸への道を教えてもらった定正は、その日はろくに礼も言えずに帰った。

それ以来、暇を見つけては三吉一人を連れて遠乗りをし、帰りには必ず渋谷へ立ち寄り、畑にいる鶴江を遠くから見ていた。

何度かそんなことが続いたある日、定正は思いきって声をかけた。

「先日は、助かった」

礼だと言って、出入りの小間物屋から手に入れていた櫛《くし》を渡した。

鶴江は驚き、断ったが、定正は強引に渡して去った。

その次から二人は会釈を交わすようになり、やがて、話をするようになった。

出逢いから半年が過ぎる頃になると、定正は遠乗りの帰りには必ず渋谷村へ行き、鶴江の家で休むようになっていた。

男女の深い仲ではなく、水や茶を飲んで帰るだけなのだが、定正は、鶴江と過ごす時間が何よりの楽しみになり、遠乗りをするのが待ち遠しくなっていた。

この時定正は、町で人足《にんそく》をしていた辻本と会ったことはなく、鶴江も父親のことを話さぬので、百姓の娘だと思っていた。

ここまで話したところで、定正が辛そうな息を吐いた。

「痛みますか」

信平が気遣うと、定正が首を横に振る。そして、あの日のことを語った。

「事件が起きた先日は、いつもより早く三吉と別れ、鶴江殿に逢いに行ったのです。参勤交代で江戸を離れると告げた時、鶴江殿がどのような顔をするか不安に思いながら家に行った時、とんでもないことが……」

家の中から鶴江の悲鳴がしたので定正が駆け付けると、百姓の若者五人が家に押し込み、鶴江を手籠めにしようとしていたのだ。

定正が刀を抜くと、百姓たちは恐れをなして逃げ去った。

次に顔を見たら斬ると言って脅した定正は、気を失っている鶴江を助け起こし、

「もう大丈夫だ」

と言って、抱きしめた。

その時、折悪しく辻本が帰ってきたのだ。

着物を乱して気を失っている鶴江の姿を見た辻本が目を見開き、

「貴様！　娘に何をした！」

怒鳴るや、抜刀して斬りかかった。

初めて辻本と会った定正は、鶴江が浪人の娘だと知った。そして、勘違いだと言って弁明したのだが、半裸にされて気を失っている娘を見て、怒りに我を失った辻本は刀を引かない。

このままではどちらかが命を落とすと思った定正は、襲いくる刃をかい潜って外に逃げると、馬に飛び乗った。

うまく逃げたと思ったのだが、辻本が弓を持って追い、矢を射たのだ。

弓の名手らしく、離れた場所から見事に命中させたものの、致命傷でないことを悟ったらしい。未だ娘を犯されたと思っている辻本は、定正の屋敷を突き止めて乗り込んで来たのだ。

すべてを聞いた上村が、複雑な心境を表情に出している。

「衿太夫、黙っていてすまぬ」

詫びる定正に、上村は頭を振って見せたものの、寂しそうだった。

「それがしがこのことを知っておれば、百両を渡さなかったものを」

「許せ」

「殿は悪うござらぬ。これから渋谷村へ行き、誤解を解いてきます」

立ち上がる上村を、信平が止めた。

「今行けば、百両を取り戻すために嘘をついていると思われよう」

「黙っていろとおっしゃいますか」

不安そうな上村を一瞥《いちべつ》した信平は、定正に言う。

「お話を聞いて解《げ》せぬのは、娘御が父親に、定正殿が手籠めにしたのではないと言わぬことだ。これをどう思われるか」

定正はうつむき、首を横に振る。

「分かりませぬ」

「ともかく、誤解が生じている今は、加藤家の方々は動かぬほうがよろしかろう」

上村が驚いた顔を信平に向ける。

「このまま時が解決するのを待てと」

「まずは、辻本の人となりを調べるのが先決。麿が当たってみましょう」

定正が焦り言う。

「このようなことで信平様のお手を煩《わずら》わせるわけにいきませせぬ」

「定正殿にとっては、大切なことでござろう」

信平の言葉に、定正の首筋が見る間に赤く染まった。

「またまいります」

信平は笑顔で言い、赤坂に帰った。

六

信平の命《めい》を受けた鈴蔵が辻本末則の居どころを突き止めたのは、八日後だ。

大金を手に入れた辻本は、娘と暮らしている渋谷村の家には帰らず、品川《しながわ》で見つけたお気に入りの飯盛女《めしもりおんな》が働く旅籠《はたご》に入り込んでいる。

朝から女を部屋に呼び、酒を飲んでは肌を重ねる日々を送っているのだが、大金を渡されている旅籠の女将《おかみ》は悪い顔をせず、他の客をおろそかにしてでも辻本の世話をする。

飯盛女のおごうも百戦錬磨《ひゃくせんれんま》のくわせものだ。

辻本の懐《ふところ》がずっしりと重いのを知ると、

「吸い取れるだけ吸い取ってやりますよ」

女将に豪語し、これまで培《つちか》った技を駆使して喜ばせるものだから、辻本はすっかり術中にはまっている。

おごうの求めに応じて豪勢な料理を取り、旅籠の者にも振る舞ったりして、十日で半分の五十両を使い、さらに三日過ぎると、いよいよ懐が軽くなった。

目ざといおごうは、金が減って落ち着きがなくなった辻本を見てとり、そっと寄り添い、手をにぎる。

「旦那、どうしたんですよう。まさか、そろそろ帰ろうだなんて思っているんじゃないでしょうね」

「いや、その」

「もっと楽しませてくださいよう。だ、ん、な」

辻本は、はだけた胸を指で触りながら甘えた声を出すおごうに魅了《みりょう》され、抱き寄せた。

「金なら、いくらでも用立てる。おれはな、使っても尽きぬ金蔵を持っているのだ。ぐふ、ぐふふ」

「嬉しい」

辻本はおごうとひと晩を過ごし、翌日の朝遅く、

「ちと、出かけてくる」

金を用立てて来ると言い置いて、旅籠から出た。

行商に化けている鈴蔵が辻本を目で追っていると、店の軒先に現れたお初が顎《あご》を引き、跡をつけはじめた。

金の無心に行くつもりなのか、辻本は東海道《とうかいどう》に入り、江戸へ向かう。

旅人にまじって歩んでいた辻本であるが、宿場外れの稲荷《いなり》の前にさしかかった時に様子がおかしくなり、口を押さえて物陰に隠れた。

飲みすぎだろうとお初が思っていると、辻本は、口の周りを赤く染めて出てきた。

布で口を拭いている顔は真っ青で、目も虚《うつ》ろになっている。

その様子を見ていたお初のほうへ戻ってきた辻本は、江戸へ行くのをやめて、旅籠へ引き返した。

お初と鈴蔵は、その後も辻本を調べ、三日後に、赤坂へ戻った。


信平は、調べを終えて戻った鈴蔵から、辻本のことを知らされた。

「辻本末則は、元五百石の旗本だったそうにございます」

旗本と聞いて、善衛門が険しい顔をする。

「殿から辻本という名字を聞いて、どこぞで聞いたことがあると思うておりましたが、今思い出しましたぞ。十五年前、酒と女で身を持ち崩した旗本がおりましたが、その者が辻本でした」

善衛門が言うには、辻本は家督《かとく》を継いでも役に恵まれず、暇を持て余した挙句《あげく》に酒と女に溺《おぼ》れ、廃《すた》れた生活をしていたという。

悪事こそ働かなかったようだが、町中でやくざ者と大喧嘩《おおげんか》をしたり、大名家の家臣に絡《から》んだりと、かなりの暴れ者だったらしい。

そのことが公儀の耳に入り、素行の悪さを咎められた辻本は、ついに改易となり、家屋敷を没収されてしまったのだ。

善衛門が、ため息をついた。

「家来と侍女合わせて三十余人を路頭に迷わせた辻本は、江戸から去ったと聞いておりましたが、渋谷村におりましたか。娘を定正殿が手籠めにしたと思い込み、押しかけて金を脅し取るとは、なんとも浅はかな」

信平が疑念を告げる。

「まことに思い込んでの所業《しょぎょう》だろうか。娘御は定正殿と仲が良いのならば、違うと言うはずだが」

善衛門が腕組みをして考える顔をした。

「娘御は、言うておらぬとしか思えませぬな。定正殿にしても、百両渡したのでは手籠めにしたと認めたも同然。何ゆえ従ったのでしょうか」

佐吉が口を挟む。

「今騒がれては厄介だと思われたのではないですか。それに、父親が騒げば騒ぐほど、鶴江殿のことが世間に知れ渡る。定正殿は、それを恐れられたのではないでしょうか」

信平はうなずいた。

「定正殿のことは、麿もそう思う」

善衛門が口をむにむにとやり、不機嫌に鼻を鳴らした。

「鈴蔵が申すように昔の悪い癖が出ているなら、ふたたび脅して金を得ようとしますぞ。ああいう手合いは、甘い顔をすればするほど付け上がりますからな」

「うむ」

信平が厳しい顔を鈴蔵に向けた。

「辻本殿に奥方はいないのか」

「改易のあと、渋谷村の一軒家に身を隠して百姓の真似ごとをして暮らしていたそうですが、慣れない暮らしに疲れた奥方は病に倒れて他界してしまったようです。そのことが相当響いたらしく、辻本は酒を断ち、別人のように働くようになったそうで、男手ひとつで娘を育て上げたそうです。ただ……」

迷う鈴蔵を、信平は促した。

「ただ、なんじゃ」

鈴蔵が、そばに控えているお初を見た。

応じたお初が、替わって信平に告げる。

「辻本は、死病に取り憑《つ》かれております。元々酒で病んでいたのでしょうが、ふたたび深酒をはじめたのがいけなかったのでしょう」

「娘は、知っているのか」

「分かりませぬ。帰らぬ父親を捜すでもなく、毎日畑で働いています」

「さようか」

辻本と娘の仲がどのようなものなのか分からぬ信平は、ふと、鶴江は、危ないところを定正に助けられたことを知っているのだろうかと思った。

定正が襲ったものだと勘違いしている辻本が、お前を助けたのは自分だと娘に言っているなら、遊びをはじめた父に何も言えずにいるのかもしれない。

定正が鶴江を想《おも》う気持ちを察している信平は、辻本に会い、誤解を解こうかと考えた。

そのうえで、娘のもとで残された時を過ごすよう説得しようかとも思い、鈴蔵に案内させることにした。

中井春房が廊下に現れて来客を告げたのは、信平が鈴蔵に声をかけようとした時だった。

「上村衿太夫殿が、火急のお話があるそうにございます」

「分かった。客間にて会おう」

「はは」

善衛門と共に客間で待っていると、中井に案内されてきた上村が、信平の顔を見るなり両手をついて頭を下げ、すがるように言った。

「どうか、お知恵をお授けください」

「いかがしたのじゃ」

「辻本めが、また来たのでございます」

上村は、辻本を斬ってしまおうかと考えたという。

「それがしの心中を見抜かれた殿が、黙って渡すようにご下命されて……」

「言われるままに、金を渡したか」

信平が訊くと、上村が悔しげな顔でうなずく。

「二百両取られました。このままでは貯《たくわ》えが減るばかりで、参勤交代ができずに不忠を咎められる事態になりまする」

「それはいけませぬな」

善衛門が同情した。

「殿、この葉山善衛門が、辻本をこらしめてやりましょうぞ」

「いや、悪いのは定正殿じゃ」

信平の言葉に、上村が絶句した。

善衛門も、言葉を失っている。

「殿、何を申される。定正殿は脅されているのですぞ」

信平は善衛門の言葉を聞き流して、立ち上がった。

「上村殿、定正殿の見舞いにまいる」

「…………」

狐丸《きつねまる》をにぎった信平は、悪いのは定正だと言われて絶句している上村の前を足早に横切り、廊下へ出た。

「殿、殿」

善衛門の声に、

「すぐに戻る」

信平は言い、玄関へ向かった。

焦った様子の上村が、善衛門に訊く。

「葉山殿、信平様は我が殿が悪いとおっしゃいましたが、どういうことでしょうか」

「わしにもさっぱり分からぬわい」

善衛門は、難しい顔で首をかしげた。

佐吉はすでに部屋を出て、信平の供をしている。

程なく、表から馬の嘶《いなな》きが聞こえた。

上村が顔を青くして言う。

「信平様は、殿が手籠めにしたと疑っておいでなのでしょうか」

「まさか、そのようなことはないはずじゃが」

言ったものの、善衛門は慌てた。

「殿を止めなければ」

そう言うと、上村と共に部屋を出て、信平を追って神田へ急いだ。

七

黒丸《くろまる》に跨がって定正の屋敷へ到着した信平は、佐吉に手綱を預け、門番に告げて中へ入った。

追って戻った上村が、信平の前で片膝をつく。

「信平様、何をされるおつもりでございます」

「見舞いじゃ」

「いや、しかし……」

信平は上村を厳しい目で制した。

「麿に助けを乞うたのはそちじゃ。早《はよ》う、定正殿に会わせてくれ」

「はは」

上村が先に立ち、定正の部屋へ案内した。

床払いをすませていた定正は、側近の者たちと自室に籠もって参勤交代の支度にかかっていたのだが、信平の来訪を知るや、すぐさま客間に向かった。

「信平殿、ようまいられました。このとおり、すっかり良くなりましたぞ」

定正は信平に明るく声をかけ、上機嫌で下座に座る。

禄高《ろくだか》は定正がはるかに多いが、将軍家縁者の信平よりも上に座ることは許されない。

上座から立ち上がった信平は、厳しい顔をして下座に歩み、定正と膝をつき合わせた。

「定正殿、ふたたび金を渡したのか」

「そのことでございますか」

定正の顔から笑みが消えた。

「疑いが晴れぬ今は、従うしかございませぬ」

「辻本殿を斬ろうとした上村殿の気持ちを察して、黙って金を渡すよう命じたのではないのか」

「それもございます。大名として門出を迎えるめでたい時に、強請《ゆす》られた相手を斬るなどということがあってはなりませぬので」

「それは、口実であろう」

信平の言葉に、定正の眉がぴくりと動いた。

「なんの口実だと」

「想い人の暮らしを助けるため」

信平が見据えると、定正が動揺した。

「馬鹿な。違います」

「定正殿が渡した金は、娘に渡っておらぬぞ」

「えっ!」

信平は目を見張る定正に、辻本は手にした金で遊び、家に帰らなくなっていることを告げた。そして、酒のせいで持病が悪化し、今や死病に取り憑かれていることを教えると、定正の顔が見る間に青ざめた。

「そ、そんな……」

「元々弱っていたところにふたたび酒を飲むようになったせいで、寿命が縮まったのだ」

「わたしのせいだ」

定正が頭を抱えた。

「わたしのせいで、鶴江殿が一人になってしまう」

親を失う悲しみを知っている定正は鶴江のことを想い、悲愴な顔をしてうつむいた。

「定正殿、このままでよいのか」

信平の言葉に、定正が顔を上げる。

信平がうなずくと、定正は信平が言いたいことが分かったらしく、力強く応じて立ち上がった。

小姓に刀を持てと命じる。

「衿太夫、馬の支度をいたせ」

「殿、何をなさるおつもりか」

「いいから黙って従え」

「はは」

程なく小姓が刀を持って来ると、定正は腰に落とした。

「磨もまいろう」

「これ以上のご迷惑は」

「よい。助太刀いたす」

信平が笑みを浮かべると、定正も笑みで応じた。

善衛門と佐吉を残した信平は、定正と二人きりで神田の屋敷から馬を馳《は》せた。

日本橋《にほんばし》を越えて二人が向かった先は、品川である。

狩衣《かりぎぬ》を着た信平と、白馬に跨がる定正の姿は、町の者たちの目を引きつけた。

京橋《きょうばし》から芝《しば》へ、東海道を急ぎ品川宿へ到着した信平は、鈴蔵から知らされていた旅籠に定正を案内した。

街道から少し離れた人通りの少ない場所にある旅籠は、古びた建物だった。

娼婦《しょうふ》と思われる女が出てきて、馬上の信平たちを見て驚いた顔をしたが、膝を曲げてしなりと頭を下げ、足早に去った。

信平は旅籠の二階を見上げた。

「ここに、辻本殿がおられる」

「かたじけない」

表に馬を止めて語る信平たちに気付いた旅籠の者数人が、慌てて出てきた。

「お公家様、このようなむさ苦しい旅籠に、なんの御用でございましょう」

探るように言う女将らしき女に、定正が馬上から告げる。

「会わねばならぬお方がこの宿におられるのは分かっている。すまぬが、お前たちはこのまま外で待っておれ」

馬から降りた定正が、女将に五両渡した。

「よいな」

不安げな顔をした女将であるが、五両の包みを懐に入れ、笑みを見せる。

「かしこまりました。それで、お会いになりたいのはどちら様のことでしょう」

「長逗留《ながとうりゅう》している浪人者に用がある」

女将は、辻本のことだとすぐに分かったらしい。

「何かおやりになったのですね。金離れが尋常でないから、怪しいと言っていたんです」

「部屋はどこだ」

「二階の、一番奥でございます」

「決して騒ぐな。よいな」

「はい、はい」

定正は、暖簾《のれん》を分けて中に入った。段梯子《だんばしご》の上を睨み、用心して上がる。

信平もあとに続いた。

辻本の部屋は、表通りの喧騒《けんそう》から逃れられる裏路地に面した側にある。

定正が狭い廊下を進んでいる時、別の部屋の掃除を終えて出てきた仲居が驚いたので、指を口に当てて黙らせ、下へおりるよう命じ、奥へ進む。そして、辻本の部屋の前に立った。

ひとつ息をして、

「ごめん！」

障子《しょうじ》を開けはなった。

派手な化粧をした女を片手に抱いて酒を飲んでいた辻本が、白目が黄土色に濁った目を向けてきた。

「貴様か」

辻本は驚くでもなく言い、

「わしを斬りに来たか」

と、落ち着きはらった様子で定正を見据えた。

酒と化粧の匂いと男女の臭気が籠もる部屋の様子に、定正が顔をしかめる。

睨むような目を向けている辻本が、若造が、というように鼻で笑い、朱塗りの盃を口に運び、ぐいと飲み干す。

ただならぬ空気に恐れをなした女は腰を抜かしていて、声なき悲鳴をあげて足をばたつかせて後ずさり、部屋の隅へうずくまっている。

「辻本殿」

定正が声をかけると同時に、辻本は盃を投げつけ、刀をつかんで抜いた。

「きゃあ！」

悲鳴をあげる女に、

「去れ！」

定正が一喝《いっかつ》した。

びくりとした女が我に返ったように静かになり、立ち上がって隣の部屋から逃げていった。

刀を構えている辻本が、鋭い目を向ける。

「抜け、娘の恨みを晴らしてくれる」

定正は、鍔《つば》に指をかけたが、鯉口《こいぐち》を切らない。

「臆《おく》したか。抜け！」

辻本が怒鳴り、迫った時、定正は刀を鞘《さや》ごと抜いて正座し、両手をついた。

「今日はお願いがあり、まかりこしました」

「…………」

意表を突かれた辻本が、刀を構えたまま声を失っている。

定正が顔を上げた。

「鶴江殿を、わたしにください」

「む！」

「わたしの妻に迎えることを、お許し願いたい」

「かっ、あぁ」

今にも刀を交えんと気合を入れていた辻本は、拍子抜けするあまり、妙な声を出した。

目を見張ったまま動けなくなっている辻本の前に、信平が歩みを進める。

誰だ、と睨む辻本に、信平が告げる。

「鷹司松平信平じゃ」

「あっ」

声をあげた辻本が慌てて刀を引き、平身低頭した。

「辻本殿、頭を上げられよ」

「ははぁ」

少しだけ頭を上げた辻本に、信平が告げた。

「辻本殿」

「はは」

「定正殿の申し出を聞かれたか」

「…………」

「そなたは大きな思い違いをしておるぞ。鶴江殿を手籠めにするどころか、不埒《ふらち》な輩から助けたのはこの定正殿じゃ」

「そのはずはありませぬ。それがしは、この目で確かに見たのですから」

「襲われた想い人を危ういところで助けられたことに安堵し、思わず抱きすくめたところへ、そなたが戻ったのじゃ」

「想い人？」

驚いた顔を上げる辻本に、信平はうなずいて見せる。

「定正殿と鶴江殿は、一年前からの仲じゃ。疑うなら、鶴江殿に聞いてみるがよい」

「ま、まさか」

辻本が見開いた目を定正に向けると、定正は頭を下げた。

「何ゆえ黙っていた。黙って金を渡したのは、罪を認めたからではないのか」

「拒めば、あなた様が旗本を通して御公儀に訴えると申されたので、鶴江殿のあらぬ噂《うわさ》が広まると思うたのです」

定正は、噂を苦にした鶴江が命を断ってしまうのではないかと、恐れていたのだ。

我が娘のことを想う定正の気持ちを知った辻本は、娘を出汁《だし》にして金を脅し取った己を恥じるように、きつく目を閉じた。そして、定正に訊く。

「本気なのか」

「本気です」

「大名になろうという者が、このように落ちぶれた浪人者の娘を妻にほしがるとは。ふふふ、貴様も変わり者よ」

「どうか、鶴江殿をわたしに。どうか」

「ええい、うるさい。好きにいたせ」

辻本は刀を鞘に納め、立ち上がった。

頭を下げたままの定正を見下ろした辻本の目から光る物が落ちたのを、信平は見逃さなかった。

「辻本殿、今日より酒を断ち、養生されよ」

信平に言われて、辻本が驚いた顔を向けた。そして、ふっと、笑みを浮かべる。

「わたしはもう、よいのです」

「娘の縁談が決まったのだ。そう言わずに、生きる欲を持たれよ」

自分の身体のことを知っているのかという顔を向けた辻本に、信平は顎を引く。

今頃になって、己がしてきたことを後悔したのか、辻本は足の力が抜けたようにその場に座り込むと、声を殺して肩を震わせた。

この日のうちに渋谷村へ鶴江を迎えに走った定正は、あの日のことを包み隠さず話した。

男たちに襲われたところを定正に助けられたと知った鶴江は、泣き崩れた。

「わたくしは、気を失っているあいだに弄《もてあそ》ばれたものだと思っておりました」

「そうではない。そうではないのだ」

定正は、震えている鶴江の肩にそっと触れた。

鶴江が目を合わせてきたので、定正はきつく抱きしめた。

鶴江は、二度と定正に会えぬ身体になったと思い込み、辛い毎日を送っていたのだが、自ら命を断つ勇気がなかった。人知れず俗世を離れて、出家するつもりでいたという。

定正が迎えに来るのが一日遅ければ、二人は二度と会えなくなっていたのだ。

「鶴江殿、お父上から許しをいただいた。このまま、わたしと来てくれるな」

定正の胸に抱かれている鶴江が、嬉しそうな笑みを浮かべてうなずく。

定正は安堵し、鶴江を神田の屋敷に連れて帰った。そして数日後、将軍家綱の許しを得て、正室に迎えたのである。

定正は父親の辻本を放ってはおかず、渋谷にある加藤家の下屋敷《しもやしき》に迎え入れ、養生をさせた。

辻本は、加藤家出入りの薬師《くすし》が処方した薬により、僅かだが命を永らえることができ、鶴江の幸せそうな様子を見て、微笑みながらこの世を去ったという。

第二話　晴天の鳥

一

この日、江島佐吉は、一日ほど暇を頂戴して、妻の国代と外出をしていた。

浪人時代の恩人である両山四郎左衛門《りょうやましろうざえもん》が病《やまい》だという知らせを受け、見舞うために東《ひがし》大久保村《おおくぼむら》へ赴《おもむ》いたのだ。

四郎左衛門が市谷《いちがや》を西にくだった谷町《たにまち》に所有している家を借りていた佐吉夫婦は、田畑を手伝う代わりに家賃をただにしてもらったばかりでなく、食うに困らぬ米と青物をもらっていた。

己より強い者に仕《つか》えることを願い、夜ごと戦いを挑んでいた佐吉が信平と出会えたのも、四郎左衛門のおかげともいえよう。

その恩を忘れぬ佐吉と国代は、毎年の進物を欠かさずにいるのだが、近頃は国代が一人で訪れていたため、佐吉が四郎左衛門に会うのは二年ぶりだった。

四郎左衛門は、病のせいか少し老《ふ》けたように見えたのだが、

「なぁに、風邪《かぜ》をこじらせただけだよ」

床に臥《ふ》しながらも本人は明るく、食欲も出てきたというので、佐吉と国代は胸をなで下ろした。

滋養《じよう》にいいといわれている高麗人参《こうらいにんじん》と、熊《くま》の胆《い》を渡したところ、四郎左衛門はたいそう喜び、二人がいるあいだに煎《せん》じて飲んだ。

せっかくだから泊まっていけと誘われたが、四郎左衛門の身体に障《さわ》ると思い、

「夜までには、戻らねばならぬのです」

と、方便《ほうべん》を述べて辞退した。

四郎左衛門が土産《みやげ》だと言って渡してくれた軍鶏《しやも》をありがたく頂戴した佐吉は、次は元気な時に顔を見に来ると言って、早々に引き上げた。

帰る途中、西向天神《にしむきてんじん》に参詣しようと国代が言いだし、佐吉は賛同して足を向けた。

安貞《あんてい》二年（一二二八）の創建である古い社《やしろ》は、三代将軍家光《いえみつ》が鷹狩《たかがり》の途中に立ち寄った際に茶道具の棗《なつめ》を下賜《かし》したことから棗天神とも呼ばれ、東大久保村にはなくては

ならぬ鎮守社《ちんじゅしゃ》なのだ。

信心深い国代は、恩人の長寿を祈願するつもりなのだろう。

佐吉は、優しい女房の手を取り、社へ急いだ。

田畑の向こうに、社の境内《けいだい》に茂る椎《しい》の木の杜《もり》が見えてきた。

名のとおり西に向かって本殿が建つ社の裏手は、椎の木から連なる雑木林となっている。

その雑木林の下には田圃道があり、普段は百姓たちがちらほらと歩む姿があるのだが、真冬今は、人通りはない。

佐吉と国代はその道を歩み、社の入り口に向かった。

雑木林の下の道を大きく左に曲がった時、国代がぴたりと足を止め、佐吉の手を強く引いた。

「いかがした」

すると、後ろを見ていた国代が、不安そうな顔を向けた。

「今、お侍が女のひとの手を引いて茂みに」

何げなく振り向いた時、遠目に見えたらしい。

社に隣接した雑木林は、人が滅多《めった》に入らぬ場所。そこに侍が女を連れ込んだとあっては、尋常ではない。

「わしから離れるな」

佐吉は国代の手をにぎりなおして引き返し、雑木林に足を踏み入れた。

道なき道を歩み、侍と女を捜すと、椎の大木の下に見つけた。と、侍は女を突き飛ばして根元に倒すや、抜刀して切っ先を突きつけた。

「覚悟いたせ」

侍は、震える声で告げて刀を振り上げた。

「待たれよ！」

佐吉が大音声《だいおんじょう》をあげると、侍が驚いて振り返った。

舌打ちが聞こえそうなほど顔をしかめた侍が、

「邪魔《じゃま》立て無用」

言って背を向け、女を斬ろうとしたので、佐吉が腕をつかんで止めた。

「無礼討ちにござる。離せ」

叫んだ侍の目は潤《うる》み、赤くなっている。

悲痛な面持ちで、離せと大声をあげて抵抗するので、佐吉は腕をひねり上げて刀を奪い、動きを封じ込めた。

「おなごを斬るのを見過ごすわけにはいかぬ。神妙にいたせ」

侍を押さえつけた佐吉に、女が両手をついて頭を下げた。

「この者はわたくしの夫でございます。どうか、お見逃しを」

夫婦《めおと》と聞いて、佐吉は驚いた。国代も同様で、目を見開いている。

「なんの事情があるか知らぬが、止めさせてもらう。国代」

佐吉が、妻をこの場から離すよう目顔で告げると、応じた国代が妻の手を取り、雑木林の外へ促した。

侍を押さえる力をゆるめた佐吉は、無礼討ちのわけを訊いた。

「何ゆえ妻を斬る」

侍は顔に怒気を浮かべた。

「妻をどうしようがそれがしの勝手。よその家のことに口を出さないでいただきたい」

「何を言うか。どんな事情があろうと、妻を斬るなどもってのほかだ。それでも男か」

「貴殿に、それがしの気持ちは分かるまい」

侍が悔しそうな顔で涙を流したので、佐吉は返す言葉を失った。

「邪魔立てされて気が失《う》せた。もう斬らぬゆえ、手を離していただきたい」

涙とは裏腹に冷静な声で言うので、佐吉は侍から離れた。

立ち上がった侍が、着物の袖《そで》で涙を拭い、刀を拾って鞘に納める。

国代が妻を連れ出したほうを見た侍は、それとは反対に足を向け、佐吉を見もせずに立ち去ろうとする。

「おい」

佐吉が声をかけたが、侍は足早に去った。

清潔な袴を着けて紋付きを羽織っているので、浪人ではなさそうだ。妻の身なりを見る限り、どこぞの大名家の家臣であろう。

佐吉がそう思いながら道へ出ると、国代は、田圃のほとりにある地蔵堂《じぞうどう》の前に女を座らせ、不安そうな顔をこちらに向けていた。

「もう大丈夫だ。夫は帰った」

佐吉が言ったが、女は悲しげな顔で黙っている。

このまま帰すわけにもいかないと思った佐吉は、

「今日は、家に帰らぬほうがいい」

そう言って、国代を促した。

応じた国代が、女の手をにぎった。

「さ、行きましょう」

「はい」

よほど恐ろしかったのか、女は素直に応じて立ち上がり、佐吉に頭を下げた。

赤坂へ到着した時には日が暮れていた。

佐吉は信平の許しを得て、女を自分の長屋に連れて帰った。

奥の座敷《ざしき》に座った女は、涙を流すでもなく黙っている。

夫に斬られそうになった心中を思うと気の毒で、佐吉はかける言葉が見つからない。国代に代わって台所に立った佐吉は、土鍋《どなべ》に湯を沸《わ》かして鰹節《かつおぶし》で出汁を取り、塩と醬油《しょうゆ》、少しの味噌《みそ》で味を調えたところへ、ぶつ切りにした軍鶏を入れた。

煮えるあいだに大根を薄切りにして、頃合いの良いところで土鍋に入れる。

薄切りの大根はすぐ火が通るので、柔らかくなりすぎないうちに火から外して、座敷に持って行った。

「さ、できたぞ」

熱いのをお椀《わん》に入れて女に渡し、次いで国代に渡した。

半透明になっている大根は僅かに歯ごたえが残っていて、軍鶏肉との相性がいい。

国代が喜び、女を促した。

「冷めないうちにどうぞ」

黙ってお椀を見つめていた女が、国代にうなずいて箸を取ったのだが、震えはじめた。夫に斬られそうになった恐怖が、今になって襲って来たのだろう。

国代がお椀を置いて女のそばに行き、そっと肩に手を伸ばした。

「ここにいれば安心です。少しだけでも、お食べなさい」

女はうなずき、大根を食べた。

味など分からぬだろう。

佐吉はそう思ったが、女はお椀を見て、

「美味《おい》しい」

しみじみと言う。

その姿が寂しそうで、佐吉は何も言えなかった。

黙って箸を動かしていると、女がお椀を置き、佐吉に両手をついた。

「命を助けていただき、ありがとうございました」

温かいものを食べて落ち着いたのか、震えも収まっている。

「なんの」

佐吉がはにかんで首を振ると、女が顔を上げて訊く。

「あの、こちらは、どなた様の御屋敷なのでしょうか」

「鷹司松平様だ。わしは一の家来の江島佐吉と申す」

女は信平の名を知っているらしく、目を見開き、慌てて両手をついて頭を下げた。

「そう硬くなるな。楽にしてくれ」

佐吉に言われて顔を上げた女に、国代が笑顔で訊く。

「佐吉の妻の国代です。あなた様のお名は」

「美沙《みさ》でございます」

歳は二十三と分かったが、それ以外のことは何ひとつしゃべろうとせず、夫の名を訊いても答えない。

何があったのか訊いてもうつむいて答えず、涙すら流さないかたくなな態度は、武家の妻女らしいといえばそうなのだが、どうにか命を助けたいと思う佐吉は困った。

国代はいささか考えが違うようで、食事を促し、付かず離れず見守っている。

この夜は国代と美沙が枕を並べて眠り、佐吉は鈴蔵の部屋に入り込んで眠った。

一晩眠れば落ち着いて話してくれると思った佐吉であったが、朝になっても、昼になっても、美沙は貝のように黙りこくっている。

夫に殺されそうになったのだ。恐ろしさと衝撃で食欲もないのではないかと案じた佐吉であったが、美沙は、国代がこしらえる食事をすべて食べ、夕餉《ゆうげ》までのあいだには饅頭《まんじゆう》を五つも食べた。

佐吉は国代をそっと呼び、耳打ちした。

「あのおなごは、なかなか肝《きも》が据《す》わっておるようじゃの。悲しげな表情をしておるが、腹の虫は正直じゃ」

「食べなければいけない理由があるのです」

「それはなんじゃ」

「わたしの口からは言えませぬ」

鈍い佐吉には、国代の言葉の意味がまったく分からない。

首をかしげて母屋《おもや》に行き、

「国代が、こう申すのです」

皆に告げると、信平と善衛門が顔を見合わせた。

善衛門が佐吉に言う。

「それはあれじゃ。腹に子を宿しておるのではないか」

「子を？」

佐吉は、そうか、と手を打った。

「いや、まったく気付きませなんだ。我が女房ながら、なかなかに鋭い」

「しかし、まことに子を宿しているなら、身重の妻を斬ろうとする夫は、とんでもない奴《やつ》じゃ」

怒りをあらわにする善衛門の横で、お初が浮かぬ顔をしている。

「お初、いかがした」

信平が訊くと、お初が信平に顔を向けた。

「おなかに子がいることを、夫は知らないのではないでしょうか」

「あるいは、それを知ったがために斬ろうとした」

見廻りを怠けて遊びに来ていた五味正三が口を挟む。

「これは数年前に神田で起きた話ですがね。間男《まおとこ》をした妻が子を宿したのを知った夫が、妻を絞め殺したのちに相手の男をぶすりと刺して仇《かたき》を討ち、大川《おおかわ》へ身投げしたことがございました」

「それは惨《むご》い」

信平は、子に罪はないと言い、佐吉に顔を向けた。

「美沙殿が間男の子を宿しておるなら、夫は、武士の面目を保とうとするのではないか」

「仇を討つと」

「妻を討とうとしたのだ。腹を切る覚悟を決めておるのかもしれぬ」

夫の血走った目を思い出した佐吉は、立ち上がった。

「確かめてみます」

急いで長屋に帰り、腹に子がおるのか問うと、これまで黙っていた美沙が泣いた。

佐吉が国代を見ると、国代がうなずく。

佐吉は率直に問う。

「美沙殿、腹の子は、夫とのあいだに授かった子ではないのか」

美沙は下を向いて答えるのを躊躇《ためら》ったが、佐吉の目を見て口を開く。

「夫の子ではありませぬ」

悪い予感が当たったことに、佐吉は顔をしかめたい気持ちだったが、顔には出さずに続ける。

「では、間男とのあいだにできた子だと知った夫が怒りにまかせて、お前さんを斬ろうとしたのか」

「おっしゃるとおりです」

「腹の子の父親は、侍か」

「はい」

「夫は、相手が誰か知っているのか」

美沙が無言でうなずいたので、佐吉は舌打ちをした。

「そいつはまずい。このままだと斬り合いになるぞ」

美沙がはっとした顔を上げた。

「止めることはできないでしょうか」

「こういう時、侍というものは実に厄介だ。妻なら分かるだろう」

「わたくしのために夫が命を落としては、亡くなった義父母《ちちはは》に申しわけが立ちませぬ」

夫以外の子を宿しておいて都合の良いことを。

と、佐吉は言いたいところをぐっと堪えた。

関わってしまったからには、放ってはおけない。

あるじ信平も同じ気持ちだろうと思う佐吉は、首を突っ込むことにした。

「まずは、夫の名と身分を教えてくれぬか。できれば、腹の子の父親も教えてくれ」

美沙は初め躊躇ったが、佐吉にすがった。

「夫は、出雲月山《いずもつきやま》藩富田《とだ》家家臣、根川平蔵《ねがわへいぞう》と申します。腹の子の父親は、将軍家御旗本、甲田《こうだ》清吾《せいご》様にございます」

家臣と旗本が斬り合えば、月山藩にも累《るい》が及びかねぬ。あの時の根川の目は、恨みに満ちていた。

「あい分かった。殿に相談してみるゆえ、安心してここにいるがいい」

「ご迷惑では」

「案ずるな。国代、頼んだぞ」

「はい」

佐吉が出かけると、国代が美沙に言った。

「信平様が、きっとお力になってくださいます。身体に障りますから、火鉢《ひばち》の近くへどうぞ」

国代に背を向けていた美沙は、腹に手を当てた。

「いいのです。こんな子、どうなろうと」

恨めしそうな声でぼそりと吐いたが、国代の耳には届かなかった。

二

この日、美沙の夫根川平蔵は、東大久保村にある月山藩下屋敷の長屋で、昼間から酒を飲んでいた。

大名家の下屋敷は、上屋敷と違って主君がいるでもなく、重臣の目も届かぬ。性質《たち》の悪い渡り中間がいる下屋敷では、夜ごと中間部屋で賭場《とば》が開かれているが、ここ月山藩の下屋敷はそのような輩は巣食っておらず、静かなものだ。

ただ、芝の上屋敷にくらべて藩士たちの規律が緩んでいることは他家の下屋敷と変わりなく、さして役目もない根川がこうして昼間から自棄酒《やけざけ》を飲んでも、咎める者はいなかった。

根川の自棄酒の原因は、言うまでもなく美沙の浮気のことである。

代々江戸詰の家柄である根川家は、亡き父の代まで上屋敷の長屋に住み、勘定組《かんじようぐみ》の役目を務めていた。

三年前に父親が急死したため、二十四で家督を継いだ根川は、親戚の口添えで国許《くにもと》から美沙を娶《めと》り、母と三人でつつがなく暮らしていた。

そんな根川に思わぬ転機が訪れたのは、二年前だった。

藩主が参勤交代で出雲の領地へ戻る時、

「お前も、一度は国を見ておけ」

と、勘定方の上役の配慮を受け、供をすることになった。

新妻を残して江戸を離れるのは寂しいが、藩命には逆らえぬ。

国を見てみたいと思っていたのもあり、根川は仰《おお》せに従い江戸を離れた。

勘定方として国許で懸命に働いた根川であるが、そのあいだに起きた重臣たちの権力争いに巻き込まれてしまい、国許に居ながら江戸上屋敷での役目を失い、下屋敷詰を言い渡された。

そして、今年参勤交代を終えた根川は、肩を落として江戸に戻った。

母と美沙はすでに上屋敷を追われ、下屋敷の長屋に移り暮らしていたのだが、

「のんびりして良い」

と、出雲の生まれである母は、広大な敷地内に田畑があり、百姓たちもいる下屋敷の暮らしを気に入っていた。

美沙も肌の色艶が良くなり、表情も明るかったので、不安に思いつつ戻った根川は、役目のことは別にして、安堵したものだ。

この夏に母親が暑気当《しょき》たりで急逝するまでは、長屋で家族三人仲良く暮らしていたのだが、夫婦二人になると妙に広く感じた。

それは長屋の部屋が広いのではなく、美沙との会話がまったくないからだった。

共にいても会話がない夫婦は世の中にはいるだろう。しかし、見えぬ絆《きずな》で結ばれていれば、二人でいるだけで安心し、

「おい」

と夫が言えば妻が察して身の周りの世話をし、また逆に、妻が不便をしていれば黙って助けてやる。

亡くなった両親がそうだったので、根川も初めは会話がないことをさして気にしていなかったのだが、美沙の場合は、母が父に接する態度とは違っていた。

こころが自分に向いていないのではないか。

そう思いつつも、夫婦になって間がないうちに長らく離れたのだから仕方のないことだと根川は自分で納得し、時が解決してくれるものだと信じていた。

ところが先日、長屋に暮らす同輩の今坂九十郎《いまさかくじゅうろう》からかけられた一言で、根川の考えは崩れ落ちたのだ。

「子はいつ生まれるのだ」

この言葉は、身に覚えのない根川にとっては、寝耳に水だった。

なんのことだと問い返すと、

「惚《とぼ》けるなよ」

と、今坂はにやついて言う。

妻に娶った時は、夫婦の契《ちぎ》りはかわした。だが、出雲の国許へ旅立った日から、妻とは床を共にしていないのだ。

そんな馬鹿なことがあるものかと思った根川は、相手にせず長屋に帰ったのだが、江戸を発《た》つ前とは別人のように美しくなった妻を見ると一抹《いちまつ》の不安が脳裏をかすめ、不義を疑わずにはいられなくなった。

美沙の姿を盗み見ても、腹が出ているようではなかったので、根川はすぐに疑うのをやめ、今坂にからかわれたと思った。

数日後に、四谷《よつや》の料理屋で今坂と酒を飲む機会があったので、根川は美沙のことを会話に出し、真意を確かめた。

「悪い冗談はよせ」

「なんのことだ」

不思議そうな顔をする今坂に、

「女房は身籠《みご》もってなどおらぬ」
不機嫌に言い、話を終わらせようとした。
　ところが、今坂は真顔で、美沙が身籠っているのは間違いないと言うではないか。
　どうして言い切れるのか問い詰めると、今坂は逆に驚いた。
　今坂の女房が、湯浴《ゆあ》みをする美沙の裸を偶然見たらしく、確かに腹が膨《ふく》らんでいる
と言ったらしい。
「そんな馬鹿な」
　盃を投げ置き、急いで長屋に帰った根川は、間違いであってほしいと願いながら、
美沙を問い詰めた。
　だが、美沙は否定しなかった。
　根川が国許へ旅立ったあと、年老いた親と暮らしていたあいだに、若い身体を持て
余した美沙は、甲田清吾の誘いに応じて、情事を重ねていたのだ。

　湿っぽく薄暗い長屋の部屋で酒を飲んでいる根川は、うな垂れて押し黙ってしまっ

たあの時の美沙の横顔を思い出し、湯呑みの酒を一気に干し、徳利《とっくり》をにぎり、酒がこぼれるのも構わず荒々しく注いだ。

酒を飲んで口を袖で拭い、

「くそ」

怒りの声を吐き捨てる。

間男と肌を重ねたのは一度きりだと美沙は言ったが、嘘に決まっている。

「一度きりで、あのように美しくなるものか」

根川は憎しみを込めて言い、酒の入った湯呑みを投げつけた。

柱に当たって砕け散った破片が畳に落ち、酒が柱に流れるのを睨んだ根川は、苦しさと悔しさ、そして憎しみが絡み合い、渦《うず》となって荒れ狂う胸のうちに目を充血させて、歯を食いしばる。

「おのれ、甲田清吾」

三

佐吉から美沙のことを聞いた信平は、五味が話した悲劇が起きるような気がした。

「佐吉」

「はは」

「根川平蔵は、甲田清吾を斬るやもしれぬな」

うなずく佐吉の横で、善衛門が渋い顔をする。

「殿、薄情なことを申しますが、これは他家の夫婦の事情ゆえ、殿が首を突っ込むような話ではござらぬぞ。それよりも、上様から賜る新たな家臣を誰にするか、そろそろ決めねばなりませぬ」

信平は、無言で考えている。

「殿！　聞いておられるのか！」

信平が驚いて顔を上げた。

「ふむ？　なんじゃ？」

「ですから、夫婦のことゆえ放っておきなされ。新たな領地のこともござるゆえ、早く家臣を――」

やおら立ち上がる信平を見て、善衛門が口を閉ざしてむにむにとやり、呆《あき》れたように首を振った。

「うはは。御隠居、信平様がああなったら聞いていませんよ」

五味が楽しそうに言いながら台所のほうから入ってきたので、善衛門がじろりと睨む。

「五味！　また勝手に入りおったな！」

「いえいえ、訪《おとな》いを入れていますよ。これこのとおり」

手に持ったむすびを見せたので、善衛門が鼻を鳴らした。

五味が匂いを嗅いでゆっくりと口に入れ、ぽわんとする。

「お初殿の味がする」

善衛門が呆れて、首を横に振る。

「近頃のお初は、おぬしに甘いからいかん」

「まあまあ、そうおっしゃらずに。これも愛情ですよ、愛情」

五味が言った刹那《せつな》、月代《さかやき》を青く剃《そ》り上げた頭にお初が湯呑みを直《じか》に当てたものだから、五味が声をあげた。

「わっちゃ！」

熱いと言ったのである。

お初が五味を睨んだ。

「何が愛情ですか。勝手に食べて」

「あ、返します」

食べかけのむすびを差し出すので、お初は無視をして信平に茶を出しに行った。

気を取りなおした五味が、真顔で見ていた善衛門に膝を進める。

「離れろ」

五味は聞かずに身を乗り出して顔を近づけ、小声で言う。

「御隠居。信平殿の心配事は、例の夫婦のことですか」

「そうじゃ」

「やはり腹の子は間男の子だったとか」

「知っておるなら訊くな」

言った善衛門が、五味を二度見した。

「おぬし、佐吉の話をいつから聞いておったのだ」

「はじめっからです」

「どこで」

「そこで」

五味が台所に繋《つな》がる廊下を示したので、善衛門が目を細める。

「ははん、お初のことを陰から見ておったな」

「よ、よしてくださいよ。そのようなことはいたしません。入る機会を逃していただけです」

「よう言うわい。奥向き以外は遠慮のう入るくせに。お初を隠れて見ていたと、正直に言わぬか」

「どうぞ」

お初が湯呑みを置いたので、善衛門が疑いの目を五味に向けながらつかんで口に運び、びくりとした。

「熱！」

五味がぱんと手をたたく。

「御隠居、妙な詮索《せんさく》をするからですよ」

言った五味が、お初から湯呑みを受け取って茶をすすり、

「旨い」

嬉しそうににやつく。

お初はそんな五味に鋭い目を向け、

「早く言え！」

と、口に出す代わりに顎を振って促した。

「ああ、そうだった」

神妙に湯呑みを置いた五味が、佐吉に顔を向ける。

「先ほど佐吉殿が申された美沙殿の相手だが、甲田清吾に間違いない？」

「いかにもそうですが……」

「やはり聞き間違いではなかったか。ちと、まずいな」

五味はお初と目を合わせ、指で頰をかいた。

「いかがした」

信平が訊くと、五味が顔を向ける。

「先ほどお初殿にも確かめたのですが、甲田清吾が同姓同名の別人でなければ、東大久保の旗本八百石、甲田家の嫡男《ちゃくなん》かと」

「知っているのか」

信平の問いに五味がうなずく。

「悪い話です」

信平は、五味の前に座った。

「聞こう」

「近頃巷《ちまた》を騒がせている青鞘組《あおさやぐみ》の話は知っています？」

「知らぬ」

五味がため息をつく。

「やはり耳に入っていませんか」

「何者じゃ？」

「青鞘組は、名のごとく大小の鞘を青揃えにした旗本が集まる組のことです。悪を罰して善を守り、世なおしをするだのと口では言っていますが、これがどうにも手が付けられない。脅し、手籠め、略奪、なんでもやる」

「そのような輩を、御公儀が許しはすまい」

「それがそうではないのです。青鞘組の頭《かしら》は、松平近江守《おうみのかみ》のお子ですから」

善衛門が驚いた。

「まことか」

「ええ」

五味が言う松平近江守とは、三河《みかわ》以来の徳川家家臣で、旗本寄合の中でも家格は上位。当代利義《としよし》は、幕閣の連中も煙たがる、いわゆるうるさ型である。

「信じられぬ。嫡男の利鞍《としくら》殿は、将来有望の好人物と聞いているが」

善衛門が、分からぬものだと首を振るので、五味が手をひらひらとやった。

「その人じゃなくて、次男の利之介《としのすけ》ですよ、ぼんくらは」

「ならば別の家じゃ。近江守殿の子は一人じゃ」

「それが違うのですな。湧いて出たのです」

「なんじゃと」

「妾《めかけ》の子が本所《ほんじょ》の妾宅《しょうたく》に隠されていたらしいですよ」

善衛門が目を見張り、腕組みをした。

「そのような者がおったとは。真面目を絵に描いたようなお人がのう。いやまったく、人というものは、分からぬものじゃ」

「で、御正室がお亡くなりになったと同時に、待ってましたとばかりに母子を迎え入れたそうです」

「さようであったか。そのようなことにな」

納得する善衛門を横目に、五味が信平に話を続ける。

「ところが、入れたはいいが、利之介というのがとんでもないうつけだったらしく、すぐさま近所のぼんくらを集めて悪さをはじめたのです」

「それでできたのが、青鞘組か」

五味がうなずき、顔をしかめる。

「世なおしだと言って賭場を荒らして金を奪い、そこで気に入った女を見れば押し倒す。まるで獣《けもの》のような連中ですが、狙うのが善良な町民ではなく、脛《すね》に傷を持つ連中ばかりだから、御公儀も本気で動かないというわけです。当然、町奉行所は手も足も出せない」

「それにしては、よく知っているな」

善衛門の言葉に、五味が苦い顔をする。

「泣き付かれたら、調べずにはいられない性分ですからね。脛に傷のある連中の中にも、真面目に生きようとしている者は大勢います。青鞘組の連中は、そんな者たちにも容赦《ようしゃ》はない。あれは、弱い者をいたぶって楽しんでいるだけですよ」

佐吉が、とんでもない奴らだと言い、不安げな顔をした。

「その青鞘組に、甲田清吾が入っているのですか」

五味はうなずいた。

「奉行所が把握《はあく》している青鞘組の名簿の中に、その名が確かにあった」

五味は冷めた茶を飲み、信平に顔を向ける。

「間男された夫が甲田に恨みを晴らそうとすれば、必ず青鞘組が出てきます。どのような目に遭《あ》わされるか分かりませんよ」

講談社時代小説文庫

命懸けの、

『風雲 戦国アンソロジー』 定価：748円（税込）
矢野 隆 木下昌輝 天野純希
武川 佑 澤田瞳子 今村翔吾

黒田官兵衛、前田利家、松永久秀……

大望に挑んだ者たちの、熱き胸のうちとは。
野望うずまく乱世を豪華布陣が描く、傑作小説集！

から楽しむ!

世紀を超える感動を新たに継ぐ
大河漫画、堂々開幕!

『漫画版 徳川家康1』横山光輝 山岡荘八/原作 定価:1210円(税込)

忍従と権謀術数で泰平の世を拓いた神君・家康の生涯。
国民的作家山岡荘八の原作小説を
横山光輝が完全漫画化した歴史漫画の大傑作!

信平は、五味の言うとおりだと思った。

「佐吉」

「はは」

「甲田清吾とやらを見張り、根川殿が現れたら止めるのじゃ」

「承知」

佐吉は、鈴蔵を連れて屋敷から出かけた。

四

根川平蔵は、元上役から突然呼び出され、麻布桜田町《あざぶさくらだちょう》にある藩の上屋敷へ出頭した。

重臣同士による政争の巻き添えを食って不本意ながら下屋敷詰を命じられて燻《くす》ぶっていた根川は、誤解が解け、勘定方の役目に復帰が叶《かな》うのかと期待していた。だが、江戸家老と共に対応した元上役の名越《なごし》は、根川の顔を見るなり怒鳴りつけた。

「貴様、東大久保村の森の中で妻を斬ろうとしたそうじゃな」

根川は面食らった。

「なぜ、そのことを」

訊くと同時に、邪魔をした大男の顔が浮かんだ。

「あの者――」

名越が睨む。

「そうじゃ。止めに入った御仁がおろう」

「…………」

返答に困る根川に、同座していた江戸家老の酒牧《さかまき》が穏やかに問う。

「根川、どうなのじゃ。おぬし、妻を斬ろうとしたのか」

「はい」

やはりそうかという顔をした酒牧は、名越と顔を見合わせてうなずく。

応じた名越が、根川に告げた。

「お前を止めに入られたのは、鷹司松平信平様のご家来だ」

根川が驚愕《きょうがく》の眼差《まなざ》しを向けた。

「では、妻は……」

「うむ。信平様が、屋敷に匿《かくま》っておいでじゃ」

「そ、そんな」

「今朝使いの者が来られた。信平様のことじゃ。おぬしが妻を斬ろうとしたわけを知っておられるはずじゃが、おぬしに配慮して、われらには何も告げられぬ。ただ、仇《あだ》討《う》ちを止めよとだけ、仰せになった」

根川は困惑した。

「まさか、あの信平様が、それがしのような者のために……」

名越が厳しく問う。

「妻を斬ろうとしたうえに仇討ちとは、どういうことだ。御家老に隠さず申し上げよ」

「そ、それは……」

「信平様にご迷惑をかけておるのだ。隠し立ては許されぬぞ」

根川は観念し、すべて打ち明けた。

母の使いで外出した美沙が東大久保の道を歩んでいた時、甲田清吾に誘われて付いて行ったのがはじまりだと告げた根川は、酒牧と名越の前で涙を流して悔しがった。

新妻を置いて国許へ行くことを根川にすすめていた酒牧は、いらぬ争いに巻き込まれて勘定方を出され、妻にまで裏切られた根川を哀れに思い、ため息をつく。

「武士の意地もあろう。仇を討ちたいと思うおぬしの気持ちは分かる。じゃが、相手が悪すぎる。青鞘組《くみ》に与している者に手を出せば、旗本を敵に回すことになりかねぬ。そのような事態になれば、殿にどのような災いが及ぶか……」

名越が続く。

「御家老のおっしゃるとおりだ。我が月山藩は三万石の外様《とざま》。御公儀に睨まれたらひとたまりもない。お前の気持ちは分かるが、良からぬことは考えるな」

「く、うう」

悔しさに袴をにぎり締める根川の様子を見た酒牧が、厳しい目をした。

「さてはおぬし、相手と刺し違える気であったな」

「このままでは、武士の面目が立ちませぬ。相手は旗本といえども、評判の悪い部屋住みの厄介者。そのような者に妻を寝取られたままでは、それがしだけでなく、殿も笑い物にされます」

「黙れ。殿まで笑い物になるじゃと。うぬぼれるな。貴様ごとき小者の妻が間男をしたことが世間に知れたとて、どうにもならぬわ」

怒る名越を、酒牧が止めた。

「おぬしが甲田清吾を斬れば、世間はおもしろおかしゅう騒ぎ立てる。そうなれば、殿が恥をかかれよう。ここは、波風立てずに堪えるのだ」

根川は返答をせず、歯を食いしばった。

酒牧が身を乗り出す。

「根川。殿のことを思うなら、すべて水に流せ」

「それはできませぬ。妻の腹には――」

言いかけて、青い顔をして口籠《くちご》もった根川に、酒牧が問う。

「まさか、妻の腹に子がおるのか」

根川は、苦渋の顔でうなずいた。

「なんと……」

驚いた名越が、酒牧に困った顔を向けた。

腕組みをしてしばし黙考した酒牧が、目を閉じたまま言う。

「根川」

「はい」

「子に罪はない。生まれてくる子は、どこぞに養子にやれ」

根川は驚いた顔を上げた。

「妻が間男の子を産むなど、わたしには耐えられませぬ！」

酒牧がかっと目を見開き、根川を見据えた。

「言うたであろう。　堪えるのじゃ」

根川は辛そうに顔をうつむけた。　間男の子を宿した美沙を殺し、酒牧が言うように甲田清吾と刺し違える気でいたのだ。

それに、すべて水に流せと言われても、美沙が戻ってくるとは思えなかった。

「根川」

酒牧に呼ばれ、根川は顔を上げた。

「このまま江戸におるのは辛かろう。子が生まれたらわしが預かるゆえ、おぬしは妻を連れて国許へ行け。そこでやりなおすのだ」

「御家老……」

「堪えてくれ。美沙殿は、おぬしを裏切ったことを後悔しておる」

「そうでしょうか」

「信じられぬだろうが、そうなのじゃ。許されるならもう一度出なおしたいと思っていると、信平様のご家来に語ったそうじゃ」

根川は驚いた。

「それは、まことでございますか」

酒牧はうなずき、懐から文を出した。

「これは、美沙殿がおぬしに宛てた物じゃ」

酒牧から渡された表書きは、確かに美沙の字だった。

その場で封を切って目を通してみると、後悔と詫びの言葉が並べられ、美沙が根川とやりなおしたいと願う気持ちが伝わってくる。

「どうじゃ、根川。許してやらぬか」

酒牧に言われても、すぐには美沙を許す気になれなかったが、根川は江戸を離れる決心をした。

「承知しました。御家老の仰せのままにいたしまする」

両手を畳について頭を下げると、酒牧は安堵の息を吐き、名越と笑みを交わした。

「では、信平様にそのむねお伝えするゆえ、おぬしは明後日に、赤坂の御屋敷へ迎えに行ってやれ。よいな」

「はは」

根川は酒牧と名越に礼を言い、上屋敷を辞した。

東大久保に帰りながら、根川は美沙のことを考えた。

根川が激昂《げきこう》して美沙を斬ろうとしたのは、それだけ、美沙のことを愛しているからだ。

遠く離れた国許にいる時も、物静かで賢く、心根の優しい美沙のことをいつも考えていた。母に尽くしてくれ、家を守ってくれていた美沙も、自分のことを大切に想っていると信じていただけに、身に覚えのない子を宿していると知った時の衝撃は、他の者には分からない。

あの時を思い出すと、

「許せぬ」

悔しくて涙が出るのだが、

「美沙が、やりなおしを望んでいる」

そう思うと、家老が言うとおりに、国許で暮らす気にもなる。

「生まれてくる子に、罪はないのだ」

根川は家老の言葉を口にして自分に言い聞かせ下屋敷への帰路についていたのだが、自然と、赤坂に足が向いた。

空は晴れているが、根川のこころは曇っている。

紀州《きしゅう》徳川家中屋敷の長大な土塀を左に見ながら道を歩んだ根川は、隣接した信平の屋敷の門前で足を止めた。

この中に、美沙がいる。

斬ろうとした時の美沙の悲しげな顔を思い出し、胸が締め付けられる。

門の番屋の格子窓から、門番らしき初老の男が見ているのに気付いた根川は、足早に立ち去った。

赤坂御門を潜り、市谷御門外に出て下屋敷へ向かっていた根川は、人が争う声を聞いて足を止めた。

「おやめください」

という男の声がした町の路地に入ってみると、裏店《うらだな》が並ぶ狭い通りに人だかりができていた。

「何ごとだ」

外側にいた町の男に訊くと、

「世なおしでさ、旦那」

男が吐き捨てるように言う。

野次馬を分けて進んだ根川の目に飛び込んだのは、やくざ風の中年の男とその手下たちを痛めつけている侍たちの姿だった。

上等な生地の紋付き袴姿の若侍たちは、腰に青い鞘の大小を差している。

「青鞘組！」

根川は、さらに野次馬をかき分けて前に出た。

許しを乞うやくざ者は、このあたりでは名が知られた悪人たちだが、相手が青鞘組と知り、怯《おび》え切っている。

「お助けを、お見逃しを」

手を合わせて懇願《こんがん》する一家の親分を蹴り倒した青鞘組の一人が、抜刀し、親分の鼻の前で切っ先をぴたりと止めた。

「ひ、ひぃ」

「どうせ人を泣かせて稼いだ金だろう。残らず渡せと言っているのだ」

その者は言うなり、親分の鼻を薄く斬った。

恐怖と痛みに呻き声を吐いた親分が手で顔を押さえ、指のあいだから血が流れる。

「この野郎！」

若い子分が大声をあげ、目の前にいる青鞘組の者を突き飛ばして、懐から匕首《あいくち》を抜いた。

親分の顔を斬った侍めがけて突進した子分であったが、青鞘組の一人が立ちはだかり、抜刀した。

「むん！」

左肩から腰にかけて袈裟懸《けさが》けに斬られた子分が目を見開き、呻きながらも相手を刺そうとしたものの、力尽きて倒れた。その背中に、侍が刀を突き入れる。

野次馬から悲鳴があがると、子分を斬った侍が得意げな顔を向け、薄ら笑いを浮かべて言う。

「これで、町のごみがひとつ減った。そうであろう！」

大声で賛同を求められ、野次馬たちは静まり返った。

「甲田殿、お見事」

青鞘組の一人が言ったのを聞いた根川は、衝撃に目を見開いた。

「甲田……」

子分を斬ったのは、甲田清吾に違いない。

目の前に、仇がいる。

根川は、人を殺して得意げな顔をしているのが甲田と知り、怒りに我を忘れた。

「甲田清吾！」

自分でも驚くほどの大声をあげながら前に出ると、抜刀して正眼に構えた。

「覚悟！」

突然のことに青鞘組の連中は驚いたが、甲田は落ち着きはらっている。

「何者だ、貴様」

「貴様にたぶらかされた妻の仇を討たせてもらう！」

怒鳴る根川に、甲田は鼻で笑う。

「なるほど、美沙の夫か」

妻の名を馴《な》れ馴れしく呼び捨てにされて、根川の怒りが増す。

「よくも、人の妻を」

刀をにぎる手に力を込め、甲田を睨んだ。

甲田が余裕の表情で言う。

「勘違いするな。おれはたぶらかしてなどおらぬ。向こうが勝手に付いてきたのだ。妙ないいがかりはよせ」

「黙れ！」

「嘘ではないぞ。美沙のほうからすり寄ってきたのだ。美しい女が物ほしげにしているのを見たら、手を出しとうなるのが男であろう。なあ、みんな」

「まったくだ」

「甲田は仕方なく相手をしてやったのだ。それからは、お前の女房にしつこくされて困っていたのだ」

「いいがかりをつける前に、尻軽女房の首に縄をかけておけ」

青鞘組の者たちが言い、馬鹿にして笑った。

「お、おのれぇ！」

民衆の前で恥をかかされた根川は、目を充血させて斬りかかった。

打ち下ろした根川の刀をかわした甲田が、刀を振るう。

右腕を斬られそうになった根川が、身体をのけ反らせて下がった時、石につまずいて尻もちをついた。

そこへ甲田が迫る。

根川は慌てて立とうとしたが、刀をにぎっている右手を青鞘組の者に踏みつけられた。

迫った甲田が、根川の目の前にぴたりと切っ先を止めた。

「うっ」

動けなくなった根川に、甲田が勝ち誇った笑みを浮かべる。

「先ほどまでの威勢はどうした」

「く、くそ」

甲田の顔から、笑みが消えた。

「我らに刃を向けるとどうなるか、思い知らせてくれる」

甲田は、ゆるりと刀を振り上げた。幹竹割《からたけわり》に、根川の頭を斬るつもりだ。やられる。

根川が目を瞑《つむ》った、その時、刀を振り上げている甲田の手首に手裏剣《しゆりけん》が突き刺さった。

佐吉に命じられて甲田を見張っていた鈴蔵が、根川を救うべく投げたものだ。

「う、くッ」

激痛に顔を歪めた甲田が怯《ひる》んだ隙を突いた根川が、脇差を抜き、右手を踏んでいる青鞘組の者の足を斬った。

脛を斬られた青鞘組の者が、悲鳴をあげて倒れた。

立ち上がった根川が、刀を振り上げて甲田に斬りかかった。

刀で受けた甲田であったが、受け方をしくじり、刀が根元から折れた。

「覚悟！」

根川が気合をかけて斬りかかろうとしたところへ、甲田が折れた刀を投げつけた。

「むっ」

根川が怯んだ隙に、甲田がきびすを返して逃げていく。

「待て！」

根川が追おうとしたが、甲田の仲間があいだに立ち、二人同時に斬りかかった。

剣術が得意ではない根川は、二人に斬り込まれて防戦一方となり、刀を打ち落とされた。

青鞘組の一人が、根川を斬ろうと迫る。

「こいつは世なおしなんかじゃない。ただの人殺しだ！」

鈴蔵が野次馬の中で叫ぶと、他からも声があがった。

「人殺し！」

「人殺しよ！」

「そうだ！　ただの人殺しだ！」

これにはさすがの青鞘組も手が出せなくなり、怯んだ。

「おい」

年長の者が目配せをし、足に傷を負って呻いている仲間を助け起こすと、根川に警戒しながら去った。

「何が青鞘組だ！　おとといきやがれ！」

やくざたちから屈辱的な声を浴びせられたが、青鞘組の者たちは振り向きもせずに遠ざかっていく。

興奮が冷めた根川は、己がしたことに気付いて顔を青ざめさせている。

やくざ者たちが、命の恩人だと言ってすり寄ったが、耳に入らぬ根川は立ち尽くしていた。

その様子を見ていた鈴蔵が、音もなく歩み寄る。

「美沙殿が迎えを待っているぞ」

はっとして根川が振り向いた。

「誰だ、貴様」

「信平様の手の者」

鈴蔵は険しい顔で告げると、言葉を失っている根川に背を向け、立ち去った。

五

その夜、剣術道場の稽古から帰った利鞍は、父、近江守利義の楽しげな笑い声に嫌《けん》悪《お》の表情を浮かべ、居間に向かった。

後妻の女と、腹違いの弟利之介が、父と夕餉を共にしながら歓談していたが、利鞍の顔を見るなり押し黙り、居間の空気が一変した。

利鞍の生母に替わって屋敷に入っても派手さが抜けぬ義母に、利鞍は遠慮なく軽蔑《けいべつ》の眼差しを向け、そして、何食わぬ顔をしている利之介を睨んだ。

「利鞍、怖い顔をしていかがした」

利義が訊くのに目を向けた利鞍が、厳しい顔で言う。

「この利之介が頭をしている青鞘組の連中が、月山藩の者と町で斬り合いとなり、尻《しっ》尾《ぽ》を巻いて逃げたそうです」

利之介が利鞍を睨んだ。

「兄上、何かの間違いでございましょう。青鞘組は、どのようなことがあろうと逃げたりはしませぬ」

「黙れ。わたしが父上に嘘をついていると言うか」

押し黙る利之介に、利義が険しい顔で訊く。

「利之介、月山藩の者と何を揉《も》めたのだ」

「分かりませぬ」

「分からぬだと」

「はい。わたしは今日、一歩も屋敷から出ておりませぬので」

「ほんとうです。この子は一日中読み物をしておりました」

義母の佳代《かよ》の必死さに、利鞍が厳しい顔を向ける。

「ならばわたしがお教えしましょう。甲田清吾が、月山藩士の妻に手を出したのが原因だそうです。仇討ちですよ」

「なんと」

驚く利義に、利鞍が言う。

「たった一人の陪臣《ばいしん》ごときに尻尾を巻いて逃げるとは情けない限り。青鞘組など、旗本の面汚《つらよご》しに他なりませぬ」

利鞍は不機嫌極まりない顔で利之介と佳代を睨み、自分の部屋へ去った。

これには佳代が怒り、つんとした顔を利義に向ける。

「あのような物言いをなさらずともようございましょうに」

「そう怒るな」

ばつが悪そうな顔をした利義が、できの悪い息子に怒りの目を向ける。

「利之介、どうなっておるのだ」

「ですから父上、わたしは何も知りませぬ。読み物などせずにあの場にいたら、このようなことには……」

「黙れ！」

読み物を命じたのは利義だ。それを嫌味に言う馬鹿息子に腹を立てた利義であるが、利之介は顔を背け、自分は知らぬ、という顔をしている。

評判の悪い青鞘組は、三河以来の名門である松平家の恥になりかねぬと懸念していた利義は、これを機に、青鞘組を潰《つぶ》すことを決めた。

「誰《たれ》かある！」

利義の声に応じて、用人の駒田《こまだ》が現れた。

四十男の駒田は、佳代を嫌う一人でもあるので、佳代があからさまに、いやそうな顔をした。

それを見て見ぬふりをする駒田が、すました顔で頭を下げる。

「殿、いかがなされました」

「甲田親子を呼べ」

「はは」

「その前に、この利之介を牢《ろう》へ入れろ」

「はは」

駒田が家臣を呼んだ。

駆け付けた家臣に、利之介を捕らえるよう命じたが、佳代が立ちはだかった。

「殿、何ゆえでございます。利之介が何をしたとおっしゃるのです」

必死に止めようとする佳代に、利義が厳しい顔を向ける。

「わしの目を節穴《ふしあな》と思うな」

言うや、座っている利之介を蹴り倒し、着物の裾をめくった。

脛に晒《さらし》の包帯を巻いている利之介が慌てて隠したが、もう遅い。

「利之介、その足の怪我をなんと申し開きする」

「こ、これは……」

返答に窮した利之介が、母に助けを求める顔を向けた。

「段梯子を踏み外したのです」

苦しい言いわけをする佳代を睨んだ利義が、駒田たち家臣に命じる。

「よいか皆の者。利之介はわしの逆鱗《げきりん》に触れ、三日前から座敷牢に入っておる。ゆえに、此度の一件にはなんの関わりもない。さよう心得よ」

「はは」

家臣たちが応じ、頭を下げた。

駒田も頭を下げたが、顔を上げざまにじろりと佳代を睨み、利之介に鋭い目を向ける。

「利之介様、こちらへ」

「聞こえなかったのか、駒田。御公儀の調べがあった時にそういうことにするのだ。牢に入らずともよい。そうでしょう、父上」

言って明るい顔を向けた利之介は、眉間《みけん》に皺《しわ》を刻み、恐ろしげな顔をしている利義を見て、愕然《がくぜん》とした。

「ま、まさか父上、ご冗談を……」

「冗談にしてほしいのはわしのほうじゃ。その首刎《は》ねてやりたいほどだわ」

「母上、母上！」

利之介が必死に助けを求めたが、佳代はどうすることもできぬ様子で顔を背けた。

利義が声を張り上げる。

「わしの許しあるまで、牢の中で読み物をしておれ。分かったか！」

「ひっ」

「連れて行け！」

「はは」

応じた駒田が家臣に命じて利之介を捕らえ、座敷牢に閉じ込めた。

その一刻後――。

呼び出しを受けた甲田奎吾《けいご》が、倅清吾《せがれ》を連れて利義の屋敷へやって来た。

一年前まで五百石の旗本にすぎなかった甲田奎吾は、利義の引き立てで三百石の加増を受けただけに、頭が上がらぬ。

待たせていた客間に利義が顔を出すなり、甲田奎吾が詫びた。

「このたびはまことに、ご迷惑をおかけいたしました。たった今、愚息から聞いたところでございます。利之介様のお怪我のお具合は、いかがでございましょう」

頭を下げている甲田親子を見下ろした利義が、

「なんのことだ」

面倒そうに言い、上座に座った。

「利之介様の、お怪我のことでございます」

「だからなんのことだと言うておる」

これには甲田奎吾が驚いた。

「あの……」

「利之介はわしの怒りを買《こ》うて、三日前から座敷牢に入っておる。ゆえに、怪我などしておらぬ」

ぬけぬけと言う利義に、甲田親子が不思議そうな顔をした。

「昼間の騒ぎのことに、利之介は関わっておらぬと言うておるのじゃ」

厳しい顔で言われて、父奎吾がふたたび頭を下げた。

利義が畳みかける。

「甲田」

「はは」

「そちの倅の不始末によって、青鞘組の名は地に堕《お》ち、旗本の名まで汚された。もはやそのような組に、利之介の名を連ねさせるわけにはいかぬ」

「潰すと、仰せでございますか」

「場合によってはな。御公儀の耳に入れば、おぬしら、ただではすまぬぞ」

「ははぁ」

「わしが力になってやってもよいが、相手があることゆえ、どうにもならぬ」

「どうなりましょうか」

焦る奎吾に、利義が言う。

「手がひとつだけある」

「なんなりといたしますので、お知恵をお授けください」

「考えるまでもないことよ。火種を消せば、煙は立たぬ」

「根川を、斬れと」

清吾が言うのに、利義が鋭い目を向ける。

「お前の女遊びが招いたことじゃ。始末は自分でつけろ」

「はは」

「くれぐれも言うておくが、この件に利之介は一切関わりない。よいな」

「はは。ご迷惑はかけませぬ」

「当然じゃ。うまくしてのけた暁《あかつき》には、青鞘組を正式な番方《ばんかた》として認めていただくよう、御老中に推挙《すいきょ》いたす。決まれば、清吾、お前が頭じゃ」

「まことでございますか」

「せいぜいうまくやれ。話はこれまでじゃ」

利義は立ち上がり、二人の前から去ろうとした。

奎吾が膝を転じ、

「必ずや火を消しますので、ご安心を」

誓って見せたが、利義は立ち止まることなく廊下へ出て、奥へと去った。

自分だけ逃れようとする利義のことを奎吾が睨んだが、

「父上、ご案じめさるな」

清吾が不敵な笑みを浮かべて言う。

「手の者が根川を見張っておりますゆえ、明日にでも片づけます」

「根川一人を斬ったところで火種は消えぬ」

「何をお考えです」

「分からぬか」

奎吾がじろりと睨むと、清吾が息を呑んだ。

「まさか、女を始末しろと？」

「火種の大元は、女であろうが」

「しかし、こうなった今、藩邸から呼び出すのは難しいかと」

「今でなくても良い。まずは根川から斬る」

松平利義の屋敷を辞した親子は、何やら危うげな話し合いをしつつ、己の家に帰っていった。

六

屋根板をたたいていた雨は、朝方霧雨《きりさめ》に変わった。

江戸の町は、寒々と水煙に霞《かす》んでいる。

東大久保村の月山藩下屋敷の長屋では、雨戸を閉《た》てた薄暗い部屋の中、布団に仰向けになった根川が、死んでいるのかと見間違えるほど生気のない目を薄く開け、一点を見つめている。

一晩中眠ることなくこうしていた根川は、今後のことを考えるうち、今でも美沙を想っている自分に気付き、斬ろうとしたのを後悔していた。

腹の子に罪はないと言った酒牧家老の助言どおりに、生まれた子を養子に出して国許へ帰ると決めたのだが、美沙はほんとうに、己のもとへ戻ってくれるのだろうか。

考えまいとしても、美沙のほうから誘ったという甲田の声が頭の中に響き、根川は不安になるのだ。

薄い壁を隔てた隣の部屋から物音がしはじめた。家の中で誰よりも早く起きる女房が、朝の支度をしているのだろう。

やがて家人が起き、物音と会話の籠もった声が重なる。

根川は、幸せそうな家族の話し声に耳を澄ませているうちに羨《うらや》ましくなり、同時に、美沙との再出発を夢みた。

程なく、

「行ってくる」

と、表で声がした。

さして仕事のない今坂九十郎が、形ばかりに下屋敷の母屋へ出仕《しゅっし》して行くのだ。

もうそんな時刻か。

そう思っていると、

「おい、起きているか」

今坂が表で声をかけた。

根川はだるそうに起き上がり、土間に下りて戸を開けた。

糊《のり》の利いた紋付き袴を着け、身なりをきちんと整えている今坂が、乱れた着物姿の根川を見て言う。

「今日は、美沙殿を迎えに行くのだろう」

「ああ」

「まさかその頭のままで行くのではあるまいな」

言われて、根川は頭を触った。無様《ぶざま》に月代が伸びている。

「妻に言ってある。無礼のないよう、整えて行け」

「すまぬ」

今坂は微《かす》かな笑みを見せると、出仕して行った。

根川は水瓶《みずがめ》の水を流し台の手桶《ておけ》に入れて顔を洗い、右隣の今坂家を訪れた。

訪いに応じて出てきた今坂の妻滝美《たきみ》に、根川は神妙な顔で頭を下げる。

「月代をお願いしたい」

「夫から聞いています」

滝美は、美沙の妊娠にいち早く気付いた者で、根川家の現状を知っているだけに、いらぬことを申しましたと、口には出さぬがそう言いたげな、申しわけなさそうな顔をした。

根川は、照れ隠しの笑みを浮かべて言う。

「これから、美沙を迎えに行こうかと」

明るい顔をした滝美が、中へ招き入れてくれた。

「どうぞ、お上がりください」

「かたじけない」

　遠慮がちに上がると、二歳になった今坂家の長男越太郎《こしたろう》が、馬の玩具《おもちゃ》で遊んでいたのをやめて振り向き、にんまりと笑った。

「越太郎、良い子だ」

根川が両手を差し出すと、越太郎が歩み寄り、馬の玩具を見せてきた。

膝に座らせた根川は、自然と、生まれてくる子のことが頭に浮かんだ。

ふと、亡くなった母は、美沙の腹に子がいるのを知っていたのかと気になった。

「滝美殿、どう思う。母は美沙のことを気付いていただろうか」

「さあ」

滝美は首をかしげて、越太郎を根川の膝から降ろし、月代を剃りにかかった。

「おそらく、気付いていらっしゃらなかったと思いますよ。いつもお二人で、楽しそうでしたから」

「そうか。それならば良いのだ」

「でも、よくご決心をなさいました」

「うむ？」

「殿方は女の浮気を許さぬものと、母から聞かされておりましたから、お二方を案じておりました」

どうやら滝美は、根川が美沙を斬ろうとしたのを知らぬらしい。

根川は、そのことには触れなかった。

「心配をおかけした。美沙の奴、間男したのみならず身籠もったのだから、そう思われたであろうな」

滝美が剃刀《かみそり》の手を止めた。

「まことに、余計なことを……」

「よいのだ。隠してもいずれ分かることだったのだから。それに、生まれてくる子に罪はない。養子に出して、わたしたちは国許へ帰る。そこで出なおしだ」

根川は笑みを見せたが、滝美は浮かぬ顔をしている。

「美沙さんは、養子のことを承知なのですか」

「それは、これから話す」

滝美は不安そうな顔をした。

「いやだと言われたら、どうなさいます」

「やはり、子と離れるのは辛いか」

根川が訊くと、滝美が越太郎を見て言う。

「辛くない母親など、いないと思います」

「そうか」

「拒まれたら、いかがなさいます」

根川はため息をついた。

「その時は、離縁するつもりだ」

滝美は押し黙り、悲しげな顔をして剃刀の手を動かした。

さっぱりしてもらった根川は、信平に無礼のないよう裃の正装に整え、下屋敷から出かけた。

信平邸に行き、門番に名を告げると、程なく、大男が出てきた。

美沙を斬るのを止めた大男に、

「その節は」

と言って、根川は頭を下げた。

「拙者《せっしゃ》、月山藩士、根川平蔵にござる」

「江島佐吉と申す。さ、中へ」

以後言葉を交わすことなく、根川は屋敷の客間に通された。

相手は旗本といえども、今や親藩と同格とまで噂される人物。

根川は緊張した。

程なく、頑固そうな面構えをした善衛門が現れ、頭を下げた根川の横を通って上座の右手に行き、佐吉と対面して座った。

「おほん、ううん」

善衛門は痰《たん》が絡んだ咳をして、顔を下座に向けて言う。

「根川殿、面《おもて》を上げられよ」

腹に力のこもった大きな声に、根川が応じる。

顔を上げると、善衛門は顔を佐吉に向けた。

程なく上座に、信平が現れた。

薄雲色の狩衣に紫の指貫《さしぬき》姿を見た根川は、信平の美しさに一瞬声を失い、慌てて頭を下げた。

「お初にお目にかかります。このたびはまことに、その、たいへんなご迷惑をおかけいたし、なんとお詫びを申し上げたらよいものか、その」

信平は静かに、根川がしどろもどろになりながら口上《こうじょう》を述べ終えるのを待った。

額に玉の汗を浮かべた根川が、

「まことにもって、平《ひら》に、平にご容赦を」

必死に詫びるのに対し信平はうなずき、口を開いた。

「面を上げられよ」

「ははあ」

信平が廊下で控えているお初に向くと、お初は一旦下がり、美沙を連れて来た。

美沙は信平に頭を下げ、根川を見て、申しわけなさそうな、悲しげな顔をしている。

根川は美沙に、優しい眼差しを向けた。

二人の様子を見た信平が、佐吉を促す。

佐吉が膝を転じて、厳しい顔で訊く。

「根川殿、美沙殿を連れて帰り、いかがするつもりか」

「先日のような真似は決していたしませぬ」

「では、許すと」

「生まれてくる子を根川家で育てることはできませぬが、妻は許します」

佐吉が険しい顔をした。

「子はいかがする」

「養子に出します」

根川が国許へ帰ることも告げたので、信平は美沙を見た。

顔を伏せ気味にしている美沙の表情は変わらない。

「美沙殿、それでよろしいか」

佐吉が訊くと、美沙は顔を上げた。

「お許しいただけますなら、従いまする」

美沙は、根川のもとへ戻りたいのだ。

信平は、根川に歩み寄った。

慌てて頭を下げた根川の前で片膝をつき、小声で訊く。

「根川殿」

「はは」

「相手のことを忘れられるか」

顔を上げた根川が、強い意志を込めた目でうなずいたので、信平は信じた。

「では、美沙殿を連れて帰られよ」

信平は立ち上がり、あとのことは佐吉にまかせて客間を出た。

松姫と福千代がいる奥向きへ渡る廊下を歩んでいると、庭に鈴蔵が現れ、片膝をつく。

話を聞いた信平は、

「あい分かった」

とだけ答えると、表情を変えずに廊下を歩んだ。

帰る夫婦を門まで見送った佐吉に、根川が頭を下げた。

「あの時止めてくださったおかげで、出なおすことができます。なんとお礼を申し上げたらよろしいか」

「いやいや。国へ帰られたら、今度こそ、幸せになってくだされ」

「はい」

根川は美沙と揃って頭を下げ、下屋敷へ帰っていった。

二人を見送った佐吉が、

「生まれた子も、幸せになればよいが」

ため息まじりに言い、門番の八平と共に中に入った。

人気《ひとけ》のない道を赤坂御門へ向かって歩む根川は、黙って後ろに続く美沙に振り向き、立ち止まった。

驚く顔をする美沙に、優しい顔で言う。

「寒くはないか」

「はい」

「先日は、わたしがどうかしていた。許してくれ」

美沙の目が、見る間に潤んだ。

「悪いのはわたしですから、あやまらないでください。この罪は、生涯をかけて償《つぐな》います」

「ならば、まずは無事に子を産んでくれ。大名のお世継ぎは、生まれてすぐ乳母《うば》に預けられ、守役《もりやく》によって育てられる。腹の子は、そう思うて手放してくれ」

「はい」

「月山の国許はいいところだ。江戸のことはすべて忘れて、一からやり直そう」

根川が手をにぎると、美沙は神妙な面持ちで応じた。

夫婦のことを物陰から見ていた青鞘組の二人が、その場から駆け去った。

根川はそれに気付かず、美沙と共に歩みを進めた。

七

「こちらに向かっています」

西向天神裏の雑木林に潜《ひそ》む甲田親子のもとへ、見張りに立っていた者が戻ってきた。

「皆、抜かりなきよう」

甲田奎吾が青鞘組の者たちに言い、手を振って散らす。

六名の若者が、木陰に身を隠した。

根川と美沙は、待ち伏せる者がいようとは思いもせず、田圃に囲まれた道を歩んでくる。

杉の大木に身を潜めていた清吾は、背後でした足音に振り向き、目を見張った。

「何奴！」

清吾の声に応じて、隠れていた青鞘組と奎吾が出てきた。

強い味方を得た清吾が、鯉口を切る。

「貴様、ここで何をしている」

「怪しい者ではござらぬ」

そう言って片膝を地面についたのは、鈴蔵だ。黒い筒袖《つつそで》の着物を着けた姿は、忍びの雰囲気を漂わせている。

前に出た奎吾が、片膝をつく鈴蔵を見下ろして訊く。

「月山藩の者か」

「さにあらず」

「では何者だ。我らになんの用がある」

「用があるのは、麿じゃ」

背後でした声に、皆一斉に振り向いた。

狩衣姿の信平が木陰から出ると、鈴蔵が告げた。

「鷹司松平信平様にござる」

奎吾が目を見張った。

「ま、まさか」

「甲田殿、一瞥以来か」

信平に言われて、奎吾は本丸ですれ違っただけの信平のことを思い出したらしく、慌てて前に出た。

「信平様、このようなところで何をされておられます」

「そなたたちを止めにまいったのじゃ」

奎吾は怯んだ。

「なんと、申されます」

「根川殿と妻女から、このたびのことは聞いておる」

「そ、そうでございますか」

奎吾は、ばつが悪そうな顔をした。

「根川殿と妻女は、これ以上ことを荒立てず、すべてを忘れ、国許で暮らすと決めておる。そなたらも忘れてはくれぬか」

そう告げた信平は、清吾に目を向けた。

「のう、清吾殿」

気迫に押されて、清吾が目をそらす。

奎吾が言う。

「しかしこのままでは、旗本の名に傷が付きます」

信平は鋭い目を向ける。

「このような場所で待ち伏せして暗殺をすることこそ、将軍家直参の恥。引かぬと言われるなら、麿がお相手いたす」

奎吾は刀の鍔《つば》に指をかけ、歯向かう仕草を一瞬したが、すぐに思いなおした。

将軍家縁者の信平に斬りかかれば身の破滅。

殺気立つ青鞘組の若者を抑え、信平に頭を下げた。

「我らが手を引けば、このたびのことはまことに収まりましょうか」

「麿は、そう信じている」

奎吾は考え、すぐに決断した。

「あい分かりました。信平様がそうおっしゃるなら、ここは退きまする」

「頼む」

奎吾は真顔で応じ、清吾に顔を向けた。

「これをもって、お前も、皆の者も、すべて忘れろ」

顔を青ざめさせていた清吾は、父に従い、信平に頭を下げてきびすを返した。

他の者も首を垂れ、意気消沈して立ち去っていく。

根川と美沙が、何も知らずに眼下の道にさしかかった。

「二人とも、穏やかな顔をしている」

鈴蔵と共に木陰から見下ろしていた信平は、夫婦と、生まれてくる子の幸《さち》を願いつつ、林の木々に溶け込むように身を退いた。

林から山鳥が飛び立ったのを見上げた根川は、目を細めた。

「今朝の雨が嘘のようだ。よう晴れている」

第三話　堅物《かたぶつ》と坂東《ばんどう》武者

一

「福千代、じいじにおいで」

鬼瓦のような顔で微笑む紀州頼宣《よりのぶ》に抱かれて、福千代がにっこりと笑った。

「おう、良い顔じゃ、良い顔じゃ。母そっくりであるな」

頼宣の嬉しそうな姿に、松姫は竹島糸と顔を見合わせてくすくす笑った。

「なんじゃ？　いかがした」

「父上でも、そのようなお顔をされるのかと思いまして」

「『でも』は、余計であろう」

頼宣が照れくさそうな顔をした。

「娘が産んだ孫は可愛《かわい》いものじゃ。のう、福千代。早う大きゅうなって、立派な武士になるのじゃぞ」

頼宣が、福千代の頬にちょんと触れて、顔を近づける。

「餅のように柔らかいのう」

すると福千代がまた笑みを浮かべて、手足を弾ませた。

「おお、よしよし元気じゃ。乳をよう飲んでおるようじゃの」

頼宣がそう言った時、福千代が顔を赤くした。

「おお、出たか」

笑う頼宣のそばに寄った松姫が、福千代を受け取っておしめを替えにかかる。

にこやかに見ていた頼宣だったが、

「ところで」

と、言いにくそうに口火を切った。

「そろそろ、乳母を見つけねばなるまい。誰か、心当たりはあるか」

松姫が、顔を横に振る。

「わたくしの手から離すつもりはございません」

「何、手放さぬとな」

「はい。形は糸を乳母として、わたくしのもとで育てます」

「しかし、世継ぎは乳母が育て、守役が躾《しつけ》をするものじゃ。婿《むこ》殿は許したのか」

「はい」

「守役はいかがする」

「決めておりませぬ」

「なんと呑気な。家来に適任者がおらぬなら、わしの家臣を遣わすが、どうじゃ」

「父上」

松姫が諫《いさ》める顔つきで言うと、

「すまぬ。いらぬ世話をするところであった」

頼宣は、苦笑いを浮かべた。

「しかし、いかがする気じゃ」

と、しつこく訊くので、松姫は笑みで答えた。

「旦那様は、葉山殿にまかせるおつもりではないかと」

頼宣が目を見開いた。

「あの頑固じじいにじゃと！」

「声が大きゅうございます」

松姫に言われて、頼宣が扇《おうぎ》を口に当てた。

松姫が声を潜める。

「まだ決めてはおられませぬが、そうできればよいと、先日おっしゃっていました」

頼宣が鼻を鳴らした。

「うぅむ。大猷院《たいゆういん》（家光）様の御側《おそば》に仕えた者ゆえ、守役には申し分ない。ということか」

「お人柄を見込まれてのことでございます」

松姫の言葉に、頼宣は納得した顔でうなずいた。

「婿殿がそう思うのであれば、とやかくは言うまい。あの爺様《じい》が知れば、泣いて喜ぼうな」

「まだ、ご内密に」

「分かっておる」

頼宣は福千代を見下ろし、

「頑固者になるでないぞ。のう、福千代」

可愛くてたまらぬ様子で言いながら、満足した顔で茶をすすった。

「ところで、婿殿はおらぬのか」

「将軍家から遣わされる家臣をお決めになられに、登城されています」

「おお、さようか。二千四百石になったからには、それ相応の人を増やさねばならぬ。そなたはその者たちの母も同然。婿殿と手を取り合って、しっかり御家を守るのじゃぞ」

「心得ております」

「良い顔をしておる。母になって、強うなったな。糸、そう思わぬか」

同意を求められた糸が、満面の笑みで応じた。

頼宣は目を細める。

「新しい領地は気候もよく、豊かな土地と聞いた。婿殿の先行きが楽しみじゃな」

「はい」

頼宣が真顔になった。

「婿殿の怪我の具合はどうじゃ。頭が痛いそぶりは見せぬか」

強敵紫女井《しめい》左京《さきよう》との死闘で頭部に重傷を負い、生死の境をさまよった信平のことを案じる頼宣であったが、松姫は首を横に振る。

「微塵《みじん》も。お訊きしても、平気だとおっしゃいます」

「さようか。ならばよいが、寒い季節は古傷が痛むことがあるゆえ、その時は、これを飲ませてやるがよい。頭痛によく効く薬じゃ」

頼宣が袂から巾着《きんちゃく》を出し、松姫に渡した。

「お気遣い、旦那様も喜ばれましょう」

「頭のことゆえ、くれぐれも油断せぬように」

頼宣は念を押すように言い、帰っていった。

見送った糸が、戻るなりくすりと笑う。

「殿は、福千代君にかこつけて、信平様の様子を見に来られているようですね。別れ際も、婿殿をよう見るように、と念押しされました」

「そうですか」

「お気になられますなら、信平様がいらっしゃる時にお越しになればよいのに」

「どういうことです？」

「先ほど戸田《とだ》殿が教えてくださったのですが、登城される信平様を偶然見かけられた殿が、急に、孫の顔を見に行くとおっしゃったそうです。わしの顔を見れば婿殿が気をつかうゆえ、今のうちに、と」

松姫は微笑んだ。

「父上らしいですね。旦那様は会いたがっていたというのに」

「まったくです。顔に似合わずお優しいといいますか……」

ついこぼした糸がはっとしたので、松姫は笑った。

楽しげに笑う松姫に抱かれた福千代は、子守唄でも聞いているかのように、気持ちよさそうに眠っている。

二

江戸城に登城した信平が家臣候補の者たちと面談していた頃、上総国長柄郡では、天領を管轄する代官の笹山《ささやま》某が、九十九里《くじゅうくり》の海岸まで遠乗りをしたついでに、下之郷村に立ち寄り、最後の巡視をしていた。

下之郷村は、近々笹山の支配から離れ、信平の領地となる村だ。

道端にひざまずいて代官に平身低頭する百姓たちを見下ろした笹山は、人気《ひとけ》のない道に入ると、馬を並べている側近の曽我《そが》に顔を向け、ぼそりと言う。

「この村がわしの手を離れて旗本直轄になるのは良いが、果たして、治められようか」

「新領主殿は、京から江戸へくだられた公家の出のお方。将軍家縁者でもございますから、案ずることはないかと」

笹山代官も曽我も江戸に縁者がなく、信平の活躍の噂は耳に入っていない。

それだけに、村の領主が替わることを知らされた笹山代官は、

「公家にできようか」

と、嘲笑《ちょうしょう》したのである。

下之郷村の巡視を終えた笹山代官は、長柄郡内にある代官所に戻り、曽我が差し出す書類に目を通しながら、ふと、顔を上げた。

「あの者たちが、大人しゅう従《したご》うてくれればよいがの」

「あの者とは」

曽我が訊くのに、笹山代官はため息まじりに答える。

「下之郷村のことよ。そちは若いゆえ知らぬであろうが、上総国長柄郡は、平安の時代から戦国の世にかけて名を馳せた坂東武者を先祖に持つ者たちが多い。北条《ほうじょう》家に替わって徳川様が坂東の覇者《はしゃ》となられたあとは、北条家の旧臣たちが徒党を組み、しばらくのあいだ暴れていたものじゃ。時が過ぎ、徳川様の天下泰平が続く今は、その者たちの子孫は刀を鍬《くわ》に持ち替えて土着し、百姓として生きている。しかし、流れる坂東武者の血は変わらず熱い。ゆえに徳川様は、古代より坂東の地で生きてきたこの笹

山家を代官にされ、領民たちを従わせておられたのだ」

「さようでございましたか。どうりで……」

「うむ？」

「これまで黙っておりましたが、年貢の徴収時期になりますと、このあたりの村々は、なんといいますか、その、殺伐《さつばつ》とした空気が漂いますので、年貢の催促に行くのがどうも、苦手でございました」

笹山代官が、飄々《ひょうひょう》と白状した曽我に、こ奴め、という横目を向け、鼻で笑う。

「わしはてっきり、農繁期で村の女たちが相手にしてくれぬから浮かぬ顔をしているのであろうと思うていたが」

「あ、いや」

曽我は村の女子たちに人気があり、ちやほやされて鼻の下を伸ばしている。時には村の女と夜を共にすることもあるだけに、笹山に行動を知られていたので驚いた曽我が、見る間に顔を赤くした。

押し黙る曽我から目を転じた笹山が、神妙な顔を庭に向け、腕組みをして考える顔をした。

丘の上にある代官所の前には平地が広がり、九十九里の海岸の先に、最果《さいは》てを知り得ぬ海がある。

冬の最中《さなか》、まだ草も伸びぬ田圃が広がる平地を見ながら、笹山は下之郷村を思う。

「静かであるな」

「はい」

「この静けさは、どうも気持ちが悪い」

「はあ？」

訊く顔をする曽我に、笹山は、ため息をついて言う。

「将軍家も四代目とおなりあそばし、関八州《かんはっしゅう》の百姓たちも大人しゅうなっておるゆえ公家の出の者を領主にされたのであろうが、わしはどうも、悪い予感がしてならぬ」

「しかしながらお代官様、下之郷村の者は比較的穏やかでございますから心配ご無用と存じますが」

「そうならば、よいがの。まあ、どの道わしの手から離れたことじゃ。ひとつ、肩の荷が下りた。そう思うことにしよう」

笹山代官は多くは語らず、下之郷村の書類を赤坂の信平邸に送る長持《ながもち》の中に納めた。

「喉《のど》が渇いた。一杯やらぬか」

笹山に言われて即座に書類を閉じた曽我が、

「漁師から分けてもらった鰤《ぶり》がございます。塩焼きと煮付け、どちらにいたしますか」

「選ばねばならぬ数なのか」

「いえいえ。たっぷりございます」

「そちにまかせる。手っ取り早くして、早う飲もう」

「では、すぐに支度をいたします」

曽我が丁寧に頭を下げ、いそいそと台所に下がった。腕に覚えのある曽我は、自ら包丁をにぎって料理をするのだ。

塩焼きと、醬油で煮付けた曽我は、待ち切れぬ様子で顔を出した笹山にもうすぐだと言い、酒を熱燗《あつかん》にした。

支度を調え、女中に手伝わせて笹山の部屋に行くと、二人で酒を酌み交わした。

脂がのった鰤の塩焼きに舌鼓《したつづみ》を打ちながら、笹山が言う。

「京育ちの新領主殿は、江戸の屋敷に籠もって、このような田舎には来られまいな」

「まあ、そうでしょう。御旗本が江戸から離れるのは難しいでしょうから」

「領地のすぐそばに、このように旨い魚があるというのに、食べられないとは気の毒なことじゃ」

「まったくでございます」

笹山は煮付けを食べて地酒を飲み、

「旨い」

幸せそうな顔をした。

笹山がこのような顔をするのは珍しく、それほどに、ひとつ肩の荷が下りたことが嬉しかったのであろう。

三

信平の屋敷では、新たな家臣が加わる日を迎えていた。

五人の候補から信平が選んだ人物だけに、

「殿が選ばれたのだから間違いはなかろうが、どのようなお人か」

と、善衛門は独り言を言いながら、落ち着きなく廊下に出ては、

「もうそろそろじゃな」

首を伸ばすようにしている。

約束の刻限は辰《たつ》の刻（朝八時頃）。

縁側に出た善衛門は、空を見上げた。

珍しく発生した朝霧が朝日を遮り、陽がどこにあるのか分からない。邸内は真っ白に霞《さえぎ》んで、佐吉自慢の庭を見ることすらできなかった。

別室に一人でいる信平は、庭に背を向け、静かに読み物をしている。

手にしている分厚い帳面は、笹山代官が送ってくれた、下之郷村に関する書き物だ。

これまで村で起きたことや、一年を通した天候など、実に細かく書かれている。

帳面を見る限り、笹山という人物は名代官であり、領民から慕われていたようだ。

村人の気質は穏やかで、争いごとを好まぬと記してあったので、信平は安堵していた。

領民には、これまでと変わらぬ暮らしをさせねばならぬと思いながら、信平は帳面を読み進めていた。

廊下に足音が止まり、佐吉が声をかけた。

「殿、お出ましください」

「来たか」

「はい」

信平は帳面を閉じ、立ち上がった。

佐吉に続いて書院の間に入ると、下座に座っていた若者が畳に両手をつき、平身低頭した。

上座に座った信平が、声をかける。

「面を上げよ」

「はは」

顔を上げた若者は、切れ長の目、小さな鼻に細い顎、薄い唇と、顔の作りがすべて細いだけに、広い額が異様に目立つ。表情は見るからに真面目そうで、何があろうと白い物は白と言い張る性格を表している。

顔を上げた若者が、信平の膝に視線を定め、

「千下《せんげ》頼母《たのも》、上様の命《めい》により参上いたしました」

堅苦しい口調で述べたのには、善衛門が驚いた。

「上様の命じゃと。では、殿にお仕えする者ではないのか」

頼母が、感情を表さぬ目を向ける。

「当面のあいだ助《すけ》っ人《と》をせよと、承《うけたまわ》っております」

善衛門が、どういうことかと問う顔を信平に向けた。

信平は無言でうなずき、頼母に声をかける。

「頼母、よろしく頼む」

「はは」

頭を下げた頼母であるが、彼は、すんなりと信平の屋敷に来ることを受けたわけではない。

将軍家綱がすすめた五名の中で、もっとも賢く、算用に長《た》けていた頼母を選んだのだが、当の本人は、信平に仕えるのを拒んだ。

「わたしは旗本。陪臣になどなる気はござらぬ」

面談に赴いた信平と顔を合わせるなり、頼母はそう言い放ったのだ。

だが、信平はそんな頼母の潔《いさぎよ》さが気に入り、

「是非、千下頼母殿を賜りたく」

と、将軍家綱に頼んだのである。

頼母が拒んだことを聞いた家綱は、頼母の父頼定《よりさだ》を城に呼び、当面の助っ人という名目で信平の屋敷へ行かせるよう命じた。

いずれは家から出る定めにある次男の将来を案じていた頼定にしてみれば、将軍家

縁者である鷹司松平家に仕官するのは願ってもないことであり、喜んで家に帰った。

将軍の命令とあらば、頼母に拒むことは許されないのだが、

「わたしは、どこにも行く気はございませぬ。家にとどまり、兄上をお助けしとうございます」

病弱で、いささか世の中のことに疎《うと》い兄の頼正《よりまさ》を案じている頼母は、必死に訴えた。

頼母の家は、三河以来徳川家に仕える八百石の旗本。由緒《ゆいしょ》ある家の次男である頼母に婿入りの話は多々あったのだが、頼母が大が付くほどの堅物のため相手に敬遠され、二十五歳になった今でも独身。兄頼正は妻と子もおり、離れで暮らす頼母は陰で厄介者扱いされていた。だが頼母は、知らぬ顔で部屋に籠もり、朝から夜遅くまで学問に勤《いそ》しんでいた。

「これも兄上のためにござる」

学問に励むのは自分のためではなく、世情に疎い兄を助けるためだと言う頼母であったが、頼正は八百石の世継ぎとしてなんら問題のない健全な人物で、学問で少々優れた頼母が見くだしていただけなのだ。

真面目すぎる頼母が、

「その程度の知識で将軍家に仕えては、兄上が恥をかかれる」

と言い、家に残って陰ながら手助けをすると決め、頼正が務める納戸役《なんどやく》の様子を訊いては、口うるさくしていた。

つつがなく役目をこなしていた頼正にしてみれば迷惑千万なのだが、気の優しい兄は、

「お前の好きにいたせ」

頼母の言うことに耳をかたむけ、可愛がっていた。

兄の優しさが当たり前だと思っている頼母は、

「共に御家を守《も》り立てていきますぞ」

と、生涯他家に行かず、二頭《ふたがしら》で千下家を守る気概《きがい》を示したので、さすがの頼正も、顔をしかめた。

信平が頼母をほしがったのは、そんな時だった。

城からの知らせを受けた頼定は、頼母が独り立ちをする良い折ととらえ、なんとしても応じるよう説得したのだ。

行くだけ行ってみよ。これはお前にとって願ってもないことだと説《と》いたのだが、頼母はなかなかうんと言わない。

そこで頼定は、脅しにかかった。

「将軍の命に逆らえば、この千下家に先はなくなる。そこが分からぬお前ではあるまい。当面の助っ人だ。受けよ。拒むなら腹を切れ」

そこまで言われては、頼母に返す言葉はない。

頼母から当面の助っ人だと言われて、善衛門が確認した。

「くどいようだが、おぬしは、殿に仕えに来たのではないのか」

頼母は真《ま》っ直《す》ぐな目を向け、

「さようでございます」

冷めた口調で答えると、目線を信平の膝下へ据えた。

「新領地を賜られた御当家の政が落ち着くまで、それがしがお手伝いをさせていただきます。ただし、それがしが知恵をしぼるまでもないと見定めた時は、お暇《いとま》を頂戴いたしますので、ご了承ください」

人を見くだした物言いをする頼母に、善衛門は口をむにむにとやり、信平に顔を向けた。

「殿、このような無礼を許しては、御家のためになりませぬぞ」

「ふむ」

信平は気のない返事をした。

「殿！」

善衛門が詰め寄るように膝を転じたのに信平が顔を向けた。

「善衛門、そなたに頼みがある」

「な、なんでござる。この無礼者の面倒を見よと仰せなら、お断りですぞ」

先回りをして拒む善衛門に、信平は笑みを浮かべて言う。

「面倒などは見ずともよい。さっそくではあるが、上総へ頼母を同道させ、新領地を見せてやってくれ」

善衛門が目を見張った。新領地の下之郷村へは、明日発つことになっている。

もはや信平の用人のつもりでいた善衛門は、大海四郎右衛門《おおうみしろうえもん》が代官を務める上野国《こうずけのくに》新田郡《たこおり》岩神村《いわかみむら》の領地を合わせて二千四百石の御家を取り仕切ると言い、大いに張り切っているだけに、頼母を同道させることにはいい顔をしなかった。

「頼まれてくれるか」

信平が言うと、善衛門は渋い顔をしながらも、承諾した。

「諸事万端、この葉山善衛門におまかせあれ」

うなずいた信平が、佐吉に目を向ける。

「此度は、佐吉もゆくがよい」

佐吉が膝を転じ、頭を下げる。

「はは、承知しました」

信平は、善衛門と頼母二人では道中で衝突しかねぬと案じて、仲介をさせる意味で佐吉を同道させるのだ。

「ではこれより、頼母を迎えた祝いの酒宴といたそう」

信平が言うと、控えていた女中たちが入り、酒宴の支度が調えられた。

松姫が来ると、頼母は頭を下げてあいさつをしたものの、硬い表情は崩さない。

「よろしく頼みます」

松姫が声をかけても、

「はは」

と、短く応じただけで、黙って酒を飲んでいる。

頼母を迎える酒宴は盛り上がりに欠け、微妙な雰囲気を残して早々に終わった。

この夜、善衛門はほろ酔いで佐吉の長屋を訪ねた。

国代はまだ表屋敷にいたので、佐吉は囲炉裏の炭を火鉢に入れて網を置き、めざしを焼いた。

焼け上がるのを待ちながら、善衛門にぐい飲みを渡して酒を注ぐ。

酒を飲み干した善衛門が、荒々しくぐい飲みを置き、愚痴《ぐち》をこぼした。

「まったくあの者、けしからぬ。佐吉、おぬしはどう思う」

頼母のことを訊かれて、佐吉は首をかしげた。

「確かに態度と口は悪うござるが、殿がお選びになったのですから、性根はよろしいのではござらぬか。それに、算用に長けているとか。御家も大きゅうなるのですから、あの者を選ばれたのは、勘定方のお役目を担《にな》う者が必要だと思われてのことでございましょう」

「しかしだな、あの者は、家臣になるのを拒んだのだぞ。そのような者に、大事なお役目をまかせられるか」

「まあ、そうですな」

佐吉は、ぐい飲みの酒を一口で干し、手酌《てじゃく》をした。

何も考えていなかった様子の佐吉に、善衛門は苛立《いらだ》った。

「あのような者に頼らずとも、わしが良い家来となる者を連れてまいったものを」

「上様のお言葉とあらば、お断りできなかったのでございましょう」

佐吉が、焼けためざしを善衛門に渡した。

善衛門は熱いのを頭からかじり、おもしろくなさそうな息を吐いた。

「上様がおすすめされたのは五人じゃ。他に良い者はおらなんだのかのう」

「さあ」

佐吉はめざしをかじりながらしばし考え、答えを出した。

「誰であろうと殿が気に入られたのですから、わしは受け入れますぞ」

「わしとて、そのつもりじゃ」

善衛門は不服そうに言い、酒をがぶ飲みした。

外に漏れていた善衛門たちの声は、長屋に帰ろうとする頼母の耳に入っていた。

暗い軒先に止まり、善衛門と佐吉の会話を立ち聞きした頼母は、砂利を踏む足音に気付いて身を隠した。

酒宴のあと片づけを終えて戻った国代が、入り口の戸の前で立ち止まり、あたりを見回した。

気配を察してのことだが、誰もいないと分かると、戸を開けて入った。

物陰から出た頼母は、楽しそうな声がしはじめた佐吉の部屋に真顔を向けていたが、程なく自分の長屋に入った。

四

翌早朝、善衛門と佐吉、そして頼母の三名は赤坂の信平邸を出発し、上総国長柄郡の領地へ向かった。

江戸からはそう遠くない領地へは、三人の足なら一泊二日で到着できる。

新しい領地へ行くのは一月《ひとつき》前から決まっていたことで、荷物持ちの中間と二人で行くつもりだった善衛門は、佐吉が加わったのを喜び、昨夜は酒を飲みながら、

「しかと務めてまいろうぞ」

と張り切り、

「上総国は海の幸が豊富なので、楽しみじゃ」

めざしを食べながら言っていたのだが、いざ出発してみれば、おもしろくなさそうな顔で歩む頼母が醸《かも》し出す雰囲気のせいで、善衛門の顔色が曇った。

屋敷を出てからというもの、善衛門は口を一文字に引き結んで無言で歩み、後ろにいる頼母は、小難しげな顔をして歩んでいる。

その様子を見ていた佐吉は、宿で枕を並べることや、途中で休む時を想像し、

「先が思いやられる」

苦笑いをしてため息を吐いた。

放っておこうかと思ったのだが、二人がこの調子だと、領地の役人たちに印象が悪
い。

佐吉は立ち止まり、頼母に振り向いた。

何か、という顔をした頼母に、佐吉は言う。

「少しは年寄りに気をつかわぬか」

「媚《こび》を売れといわれても、わたしにはできませぬ」

「そうではない。少しは世間話などをして、仲ようしろと言うておるのだ」

「お役目に赴くのですから、このままでもよろしいかと」

頼母は寄せ付けぬ物言いをすると、歩を速めた。

追った佐吉が肩を並べ、

「そう堅いことを言うな。何か話そうではないか」

機嫌を取ると、頼母は善衛門を見ながら言う。

「葉山殿もわたしと同じで、上様の下知《げち》に従って信平様の目付役をされているのでご
ざいましょう」

「まあ、表向きはそうなっているが……」

「違うのですか」

「いや、そのとおりなのだが、ご老体は今では、殿の家来になりたがっておられる。いや、気持ちはすでに、家来だな」

「将軍家直臣《じきしん》の身分でありながら、陪臣になりたがる気持ちがわたしには分かりませぬ」

「それは、今に分かる」

頼母は立ち止まり、目深に着けた黒塗りの笠を持ち上げて、真顔を見せた。

「信平様のお噂は聞いております。上様も一目《いちもく》置かれる人物であることは分かりますが、わたしは旗本。家格に差はあるものの、将軍の直臣であることは信平様と同じでございます。よって、身分を陪臣に下げるつもりはございませぬ。新領地の政が落ち着きましたら、暇を頂戴する所存でございますので、引き止められても困るのです」

誰も引き止めていないうちから決めつけて言う頼母に、佐吉は閉口《へいこう》した。

「佐吉！」

善衛門が大声で呼ぶので、佐吉は大きな身体を揺すって小走りして横に並んだ。

ちらりと後ろを気にした善衛門が、不機嫌に言う。

「あの者、己を何様だと思うておるのかの。暇乞いを殿に引き止められると決めつけておるわ」

佐吉が苦笑いした。

「いやはや、わしも驚きました」

善衛門が立ち止まり、振り向く。

「おい、頼母とやら。気に入らないなら今すぐ江戸へ帰れ！」

善衛門が怒鳴ったが、

「ここは江戸にござる」

頼母は顔色ひとつ変えずに言い、追い越して行った。

「確かに」

佐吉が笑うので、善衛門は顔を真っ赤にして口をむにむにとやったが、

「御老体、落ち着きなされ。仲違《なかたが》いは殿が悲しまれますぞ」

佐吉に言われて、この場はひとまず堪えた。

「分かっておるわい」

善衛門は肩を怒らせて歩み、頼母を追い越した。

頼母は相手にしない様子で、黙って付いて行く。

このあと頼母は誰とも話さず過ごし、宿に泊まっても、枕屏風《まくらびょうぶ》であいだを隔ててしまい、口を貝のように閉ざしてしまった。

善衛門や佐吉と親しくなろうという気持ちはさらさらないとみえて、背を向けて正座し、ひたすら読み物をしている。

宿に着く前も、人気の少ない街道にさしかかると、頼母は歩きながら読み物をはじめ、そののめり込みようは尋常ではなく、佐吉が休もうと声をかけても、耳に入らぬ様子で通り過ぎたほどだ。

学問がそうさせるのか、頼母は旗本でも知られた堅物だというが、

「あれは、偏屈者《へんくつもの》じゃ」

善衛門が憎々しげに言うほど、頼母は読み物を続けている。

食事をする時も書物から目を離さず、佐吉と善衛門が眠っても、行灯の頼りない明かりの下で書物を広げ、夜遅くまで学問に励んでいた。

そんな頼母であるが、翌朝は誰よりも早く目ざめ、音を立てぬようにして旅籠の階下へ下り、井戸端を借りて行水《ぎょうずい》をした。

息が白くなるほど冷え込んだ朝だけに、下帯《したおび》のみで水をかける頼母の姿を見た宿の仲居たちが、身震いをして去っていく。

朝の行《ぎょう》を終えた頼母は、さっぱりとした顔で部屋に戻ると、起きていた善衛門と佐吉に朝のあいさつをした。

「おはようございます」

ただ一言だが、善衛門と佐吉は、まんざらでもない顔をして応じた。

黙って支度を整え、寡黙《かもく》に朝餉をすませた頼母は、善衛門と佐吉が支度を終えるのを待ち、先を急ぐように階下へ下りた。

「急ぎませぬと、日が暮れるまでに名主の家に着きませぬ」

そう言って先に外へ出た頼母を見て、善衛門が首をかしげる。

「あ奴、急に張り切りおって、心変わりをしたのかの」

「さあ」

さっぱり分からない佐吉は、適当な返事をして頼母を追って出た。

待っていた頼母が、空を見上げて訊く。

「下之郷村の名主宅には、何時《なんどき》に到着予定ですか」

答えられない佐吉は、善衛門に助けを求めた。

善衛門が渋い顔で言う。

「日暮れまでに着くと、先方には知らせてある」

頼母が善衛門に訊く。

「ここは生実藩《おゆみはん》のお膝下。御領地までは、何里ですか」

「そうじゃな。八里ほどはあろうかの」

「八里……」

頼母は空を見渡し、

「急ぎましょう。日暮れに間に合いませぬ」

と言い、先に歩みはじめた。

足には自信がある善衛門と佐吉であるから、急ぐ必要のない距離だ。まして、平坦《へいたん》な土地が広がる道中には、箱根峠《はこねとうげ》のような難所もない。

「おい頼母。おぬし、領地への道のりを知っておるのか」

佐吉の声に、頼母は立ち止まる。

「おおよそは。江島殿こそ、知っておられるのですか」

「わしもご老体も初めて行くのだ。ここからは、追分《おいわけ》の標《しるべ》に従って行くまでよ」

「ならばなおのこと、急がねば間に合わぬかもしれませぬぞ」

頼母は無表情に言い、先を急いだ。

領地への道順はある程度調べているものの、善衛門と佐吉は初めて通る道だ。

江戸から出たことのない頼母も同じだったが、判断は頼母のほうが正しかった。小高い丘の道は意外に険しく、悪いことに、昼過ぎになって雨に祟《たた》られたのだ。土砂降《どしゃぶ》りではないものの、山土の道はすぐに泥濘《でいねい》となり、くだり坂は滑りやすく、非常に歩きにくかった。

麓《ふもと》に下りて一休みするつもりだった善衛門たちであるが、

「これでは遅れる」

ということになり、休まず先を急いだ。

やがて雨は止《や》んだのだが、厚い雲に覆われているせいで、日暮れも早まる様子を見せてきた。

それでも、領地の下之郷村に入る頃になると天候が回復し、海側には青空が広がった。

「どうやら、間に合った」

善衛門が言い、

「おぬしの判断はたいしたものじゃ」

褒《ほ》めてやろうと振り向いた時、後ろに頼母の姿はなかった。

どこに行ったのかとあたりを見回すと、頼母は道から下り、田圃の真ん中でしゃがみ込んでいた。

「用でも足しておるのか」

善衛門の問いに、佐吉がうなずく。

「雨で冷えましたからな」

「うむ」

善衛門が眉をひそめつつ待っている。

しゃがんでいた頼母はやおら立ち上がり、積み藁を一周して、あたりを見回しながら戻ってきた。

「急な差し込みか」

佐吉が薬を入れた印籠《いんろう》を腰から外そうとしたが、頼母が止めた。

「ご心配なく」

「そうか。では、何をしていたのだ」

「土地を見ていただけにございます」

頼母はそう言うと、何かを袂に入れて歩みはじめた。

「おい」

何なのか訊こうとした佐吉を、善衛門が止めた。

「放っておけ。屋敷からほぼ出たことがないのだ。田圃が珍しいのであろう」

善衛門は田圃を見渡し、嬉しそうな顔をした。

「それより見てみろ。この広い領地を。豊かと聞いていたが、想像以上ではないか。殿にお見せしたいのう」

「まことに、まことに」

佐吉も田圃を見渡し、海から吹いてくる風に向かって、気持ちよさそうな顔で大きく息を吸って吐いた。

五

三人は下之郷村の集落に入った。

夕暮れ時で道に人気はなかったのだが、農家の庭で鶏《にわとり》を追いかけていた男児を見つけた佐吉が、声をかけた。

「坊主」

親はいるかと訊く前に、佐吉たちを見た男児が慌てたように家の中に駆け込んだ。

「なんじゃ？」

佐吉が戸惑っていると、

「おぬしがでかいから恐れたのじゃ」

善衛門が言い、農家の庭に足を踏み入れ、表の戸の前に立った。

「たのもう。たのもう」

いかにも弱々しく、惚けた声で訪うところなど、善衛門もなかなかの狸《たぬき》だ。

油断した男児が、戸を開けて顔を覗《のぞ》かせた。

善衛門がすかさず作った笑みを見せ、膝に手を当てて頭の高さを合わせる。

「坊や、父か母を呼んできてくれぬか」

「いないよ」

「そうか、いないか。では爺様婆《ばば》様を頼む」

男児は無言で首を横に振る。

「一人で留守番をしておるのか？」

「うん」

「良い子じゃ。ではな、あのおじさんが代わりに鶏を捕まえてくれるから、坊やは名主の家に案内してくれぬか」

「いいよ」

「よし、では待っておれ。これ、そこの鶏を捕まえてやれ」

善衛門に指名されて、佐吉は鶏を追って走った。

信平に仕える前は百姓を手伝いながら、鶏も飼っていた佐吉だ。わけもなく捕まえてやると、男児が喜んだ。

男児は道に走り出て、田圃の先を指差す。

「名主様の家はあそこだよ。大きな屋根のおうち」

男児の言うとおり、田圃の向こうに、大きな藁葺《わらぶ》きの屋根が見える。

「おお、あそこか。おかげで助かったぞ」

善衛門が頭をなでてやると、男児は鼻の穴を脹《ふく》らませて見上げてきた。

「坊や、名は」

「佐吉《さきち》」

鶏を籠に入れていた佐吉が、同じ名だと言うので驚いた。

善衛門が笑う。

「そうか、佐吉か。あのおじさんも佐吉だ」

すると子供の佐吉が不思議そうな顔を向けるので、大人の佐吉が歩み寄り、抱き上げた。

「わしのように大きゅうなれよ、佐吉」

ほれ、と言って高く上げてやる。

「どうじゃ。遠くまで見えるだろう」

「うん。凄《すご》ぉい」

子供の佐吉が、目を輝かせて大喜びした。

「坊主、歳はいくつだ」

「七つ」

「そうか、七つか」

佐吉は男児を下ろしてやり、袂から紙包みを出して、飴《あめ》を渡してやった。

子供の佐吉は素直に受け取り、見上げて笑みを浮かべた。上の前歯が二本抜けている。

「ではまたな、坊主」

佐吉は男児を家に帰らせると、善衛門と頼母と共に田圃のあぜ道を通って、下之郷村の名主、清兵衛《せいべえ》宅へ向かった。

「なかなか立派な屋敷ですな」

佐吉が言い、善衛門が感心したようにうなずく。

後ろを歩んでいた頼母は、旗本顔負けの門構えに、眼光を鋭くしている。

出迎えた三十代の男が、名主の家に詰めている村役人だと名乗り、善衛門たちを案内した。

母屋には式台も設えてあり、門構えに劣らぬ立派な屋敷だ。

頼母は、客間に案内されて歩みながら、家の造りや建具などを注意深く観察した。

「おい、そのようにじろじろ見るものではない」

佐吉が注意したが、頼母は見るのをやめない。

一見すると質素なのだが、墨絵が施された襖《ふすま》も、欄間《らんま》の彫りも細工が凝《こ》っていて、門構えと玄関の造りを併せ見ても、その趣向は、武家の物に似ていた。

通された客間では、善衛門が上座に座り、佐吉と頼母が脇を固めた。

すぐさま女中が茶と菓子を持って来たが、頼母は、下座に控えている役人を咎めた。

「名主が領主の名代《みょうだい》を待たせるとは無礼ではないか」

慌てた役人が平身低頭する。

「申しわけございませぬ。村の長老たちとの合議が長引いておりますもので、今しばらく」

堅物の頼母は許さなかった。

「夕刻までに到着すると知らせてあったはずだ。合議を中断して戻るのが礼儀であろう」

「はは、ただいま呼んでまいります」

「よい、よい」

善衛門が止め、頼母に言う。

「頼母、そう堅いことを申すな。村の合議ならば、大事なことを決めているのだ。ここは待とうではないか」

善衛門とて無礼だと思っているはずだが、名代が不遜《ふそん》な態度をして村の者の不評を買えば、信平の印象を悪くすると心得、自重している。

頼母を大人しくさせて、善衛門と佐吉は名主を待った。

それから一刻は過ぎたであろうか。とっぷりと日が暮れた頃に、名主がようやく戻ってきた。

慌てるでもなく、落ち着いた様子で廊下に現れると、

「これはこれは、いや、どうも申しわけございませぬ。会合が思わぬほど長引いてしまいました」

柔和な顔で馴れ馴れしく言いながら善衛門の前に座り、肥《こ》えて脂ぎった顔を下げた。

五十代の清兵衛は、善衛門が名乗ると顔を上げ、不安そうな表情をした。

「さっそくですが、葉山様。お願いがございます」

「うむ?」

「年貢の件でございます。実は困ったことに」

「いかがした」

「先ほどまで話し合っていたのですが、どうにもこうにもなりませぬ」

「はっきり申せ」

善衛門が言うと、清兵衛は両手を畳に突いて、額を擦《なす》り付《つ》けた。

「年貢を、免除していただきとうございます」

「な、なんじゃと!」

昨年の秋に収穫した物から信平に納められることになっていただけに、善衛門は衝撃のあまり開いた口が塞がらなくなった。

佐吉も驚いて腰を浮かせているが、頼母は、顔色ひとつ変えずに清兵衛を見ている。

その清兵衛が言うには、秋口に降った長雨のせいで稲が倒れて籾《もみ》が腐り、米の収穫が例年の六割だったらしい。

信平は、初年度の年貢を二割に定めていたが、収穫が例年の六割しかないとなると、少ない年貢の率でも、村人にとっては死活問題だ。

領地の政をまかせられている善衛門であるが、年貢を免除するとなると、信平の許可なく返答はできない。しかも、次の年賀の登城は、二千四百石の体裁を整えなくてはならず、金がいる。それに加え、侍、若党、中間、下男下女も石高に見合うだけ雇うことになっているので、貯えが少ない台所事情で下之郷村の年貢米が入らぬとなると、その者たちを養うことができなくなる。

「村の事情は分かった。しかし、まったく得られないとなると御家の一大事ゆえ、わしの一存では決められぬ。ここは一旦江戸に持ち帰らせてくれ」

顔を上げた清兵衛が、神妙な面持ちで善衛門に言う。

「下之郷村は長年御天領でございましたので、村の者は、将軍様の百姓であることを誇りに思うて、懸命に田畑を耕《たがや》してまいりました。その甲斐《かい》あって、昨年も豊作が見込まれていましたが、長雨に祟られ、せっかく育てた米がだめになってしまいました。このことは、村の者たちをがっかりさせております」

「気持ちは分かるが……」

「御公儀におすがりしようとした矢先に御領主様が替わってしまわれたのを知り、ああ、それで、御神君の御加護がなかったのだと、思うたのでございます」

善衛門が不機嫌に言う。

「おぬし、凶作は信平様のせいだとでも申すか」

「いえ、決して。ただ……」

清兵衛は目を泳がせた。

「ただ、なんじゃ」

「新しい御領主様は、凶作に見舞われた村からも、容赦なく年貢を取り上げられるのではないかと、村の衆は不安に思うております」

「案ずるな。殿は慈悲深いお人じゃ」

善衛門の言葉に、清兵衛が長い息を吐いた。

「それを聞いて安心いたしました。ご返答は、いつになりましょうか」

「五日後には、沙汰《さた》をする」

「ははぁ」

平身低頭する清兵衛を見下ろし、善衛門は困った顔をしている。

佐吉は腕組みをして難しい顔をしているが、清兵衛にかける言葉が見つからないようだ。

「長旅でお疲れでございましょう。今宵は、ゆるりとお休みください。たいした物はございませぬが、こころづくしの食事を用意してございます」

清兵衛が夕餉の支度を命じようとした時、

「待たれよ」

冷静な顔で座っていた頼母が口を出した。

「頼母、いかがした」

訊く善衛門を無視して、頼母が清兵衛に言う。

「おぬし先ほど、稲穂が長雨で腐ったと申したな」

「はい」

「それは妙だ。ここへ来る時に領内の田圃を見たが、腐った籾など落ちていなかったぞ」

清兵衛がふたたび目を泳がせたのを、頼母は見逃さない。

「どうした清兵衛、顔色が良くないな」

清兵衛が、じろりと目を向ける。

「これは心外な。わたしは嘘など申しませぬ。稲が倒れて籾が腐ったのは事実でございます。籾が落ちていないのは、村の衆が腐った稲穂でも大切に扱い、家畜の餌《えさ》にしたからでございましょう」

「家畜が食えるなら、人とて食えよう」

頼母の言葉に、清兵衛が不機嫌な顔をした。

「ほほう。我らに腐った米を食えとおっしゃいますか」

頼母は無表情で黙っている。

清兵衛が善衛門に顔を向けた。

「葉山様。ご家来の今のお言葉は、そのまま松平様のお考えと思うてよろしゅうございますな」

「待て、今のは撤回じゃ。殿はそのようなこと許されぬ」

「いいえ。ここにおられる御三方は、領主松平様の御名代。松平様は、領民に腐った米を食わせてでも、年貢を取り立てよとお命じなのでございましょう」

「違う！」

善衛門が怒鳴ったが、清兵衛は立ち去ろうとした。

その前に頼母が立ちはだかった。

冷静な顔の頼母に、清兵衛がまた不機嫌な顔をする。

「そこをおどきくだされ」

「その前に、聞きたいことがある」

頼母が袂から何かを出し、清兵衛の目の前にかざした。

それは、一本の藁だった。藁の先には、籾がびっしりと残っている。

頼母はそのうちの一粒を取り、殻を割って見せた。

米粒は腐ってはおらず、できの良い粒だった。

「これを見る限り、収穫は隣村と変わらぬ量だったはず。いや、むしろ豊作のはずだ」

清兵衛が険しい顔をした。

「たった一本の藁で豊作と決めつけ、年貢をしぼり取るおつもりですか」

「たった一本でも、米は取れる。飢えるかもしれぬほど凶作の時に、このように立派に実った稲穂を見逃す百姓がいるものか。目を皿にして刈り取りのあとを見て回り、落ちた稲穂さえ拾うはず。それを怠《おこた》って積み藁にするのは、豊作だったからであろう」

「何を言われるか！」

声を張り上げた清兵衛が、という顔で頼母を見た。

「昨年は確かに凶作だったのです。一本の稲穂でそのように決めつけられては困ります。江戸のお方には、この土地のことはお分かりになりますまい。海に近い土地でございますので、たった一度の嵐によって、収穫前の稲がだめになることがあるのです」

頼母は退かなかった。

「では、村中の家を検《あらた》めるが、異存はあるまいな」

清兵衛が、したり顔を向ける。

「よろしゅうございますが、村人は凶作で気が立っております。くれぐれも、御身にお気をつけください」

「わたしに脅しは通じぬ」

「脅しではございませぬ」

清兵衛が鋭い目をしたので、善衛門が止めた。

「二人ともそこまでじゃ。大人しゅう聞いておれば好き勝手を言いおって。よいか、この村のことは、信平様が決められる。何も決まっておらぬうちに、いがみ合うでない！」

善衛門の一喝で、頼母は場を空けた。

清兵衛は頼母を一瞥し、善衛門に頭を下げる。

「夕餉を支度させますので、ゆるりとして行ってください」

そう言うと、役人を連れて客間を去り、それきり、食事の席にも顔を出さなかった。

六

「殿にお知らせするのを待てとはどういうことじゃ」

陣屋を定めるまで逗留する宿へ入るなり、頼母に言われて、善衛門は眉をひそめた。

頼母は、廊下に人気がないのを確かめて障子を閉め、善衛門と佐吉に言う。

「この村は妙にござる。わたしの見る限り、米は豊作のはず。名主の清兵衛は、信平様に年貢を納めぬ腹ではないかと」

「馬鹿な。そのようなことが許されるはずはない」

佐吉が言ったが、頼母は冷静な目を向ける。

「これまで長いあいだ天領だったこの地が落ち着いていたのは、代官の笹山殿が、古来土着した御家柄ゆえ、従っていたからでございます」

「どういうことじゃ。将軍家の御威光ではないと申すか」

驚く佐吉の横で、善衛門がため息をつく。

「なるほど、そちの言いたいことは分かる」

「御老体、わしにも分かるように言うてくだされ」

佐吉が訊くと、善衛門が渋い顔で答える。

「笹山家は家康《いえやす》公が関東の覇者になられる以前からこの地へ住んでいた坂東武者。名主の清兵衛も、元は坂東武者と聞いておる」

佐吉が首をかしげる。

「それと此度の年貢のことと、なんの関わりがあるのです」

「そこよ。佐吉、おぬしはどう見ておる。百姓を手伝《てつど》うていたのだから、田圃のことは頼母より詳しいであろう。この村はまことに凶作か、それとも頼母の見立てどおり豊作か」

佐吉は、頼母をちらりと見た。

「実のところ、わしは舌を巻いており申す。頼母殿、おぬし、田圃のことをよう分かっておるな。手伝ったことがあるのか」

「鍬をにぎらずとも、書物にすべて記してございます。我ら武士は、商人と違い年貢米が命。命の源のことを知らぬのは恥にござる」

堅苦しい返答だが、佐吉は感心した。

「なるほどの。しかし、分からぬのは清兵衛だ。嘘は通らぬと分かっておろうに、何ゆえ逆らうのだ。笹山代官の支配を離れたのを機に坂東武者の血が騒ぎ、我らと一戦交えて名を上げる気になったか」

「そのような愚か者ではございますまい」

「では、何ゆえ逆らう」

佐吉の問いに、頼母は真顔で答えた。

「将軍家の天領で田畑を耕す者は、天下の百姓にござる。この村の者たちは、そのことを誇りに思うていたはず。加えて、坂東武者である笹山代官の支配下でなくなったのが、おもしろくないのでしょう」

「なんと」

佐吉が目を見開き、善衛門を見た。

驚いた善衛門が、口をむにむにとやる。

「殿には、従わぬと申すか」

頼母がうなずく。

「これはあくまでわたしの考えですが、村の者は、信平様に従わぬ姿勢を見せ、天領に戻そうとしているのでしょう」

善衛門は焦った。

「おぬしの考えがまことになれば、御公儀は殿を咎められよう。改易はないにしても、減俸《げんぽう》のうえ領地替えは免れられぬぞ」

「そ、そんな馬鹿な」

佐吉が冗談はよせと言ったが、頼母は真顔を向けて言う。

「坂東武者を先祖に持つ者が暮らす関東の天領は、代官頭《がしら》の伊奈《いな》様が頭を悩ますほど難しい土地柄。伊奈様の目が届きにくい土地では、村を勝手に支配する者たちもいると聞きます」

「では、あの名主もその一味だと申すか」

佐吉の問いに、頼母は首を横に振った。

「小耳に挟んだ噂によると、他の村を支配しているのは残虐非道《ざんぎゃくひどう》な輩。この地の名主清兵衛は違うでしょう。しかしながら、年貢を出さぬ以上、何かたくらみがあると思われたほうがよろしいかと」

「やはり、今すぐ江戸に立ち返り、殿にご報告して指示をあおごう」

意気込む善衛門を頼母が止めた。

「まずは村人と接し、様子を探るべきかと。わたしは、検地《けんち》をおすすめします」

「何、検地じゃと」

善衛門に頼母がうなずく。

「清兵衛のような者は、甘い顔をすれば付け上がります。いきなり検地をして毅然《きぜん》とした態度を見せれば、行動を改めるはずです」

「なるほど」

佐吉が納得したのを見て、頼母が検地の役目を買って出た。

「わたしは算用に長けておりますので、適任かと」

自信に満ちた態度は、善衛門の癇《かん》に障ったが、ここは揉めている場合ではない。

「あい分かった。では、わしと佐吉は、名主に探りを入れてみよう」

「鈴蔵を連れてくるべきでした」

佐吉が言うので、

「ならば、文を送って呼ぶがよい」

善衛門はそう言い、宿の者に声をかけて紙と筆を用意させた。

七

「何、検地をしているじゃと」

翌日、村役人の知らせを受けた清兵衛は、初めこそ驚いたが、すぐに、

「ふん、放っておけ」

と、余裕の表情をした。

名主宅の大部屋には、村の年寄りたちが集まり、にぎやかにしている。

「久々にこころが躍《おど》る」

などという者がいれば、

「わしは、まだまだやれる」

曲がった腰を無理に起こし、白濁気味の目に力が籠もり、表情も生き生きしている。

齢《よわい》八十を過ぎた老爺《ろうや》たちの中には、

「わしが若い頃は、坂東の戦場を駆け回ったものじゃて」

と、自慢する者がいて、領主が公家出身の旗本に替わると知った時などは、

「天下の将軍様の百姓でなくなるなら、わしは鍬を捨てる」

皆から憤慨《ふんがい》する声があがった。

これを見ても、徳川家康が関東に入国した時から、いかに地侍を丁重に扱ったか分かる。

家康の天下取りの際はこぞって味方し、坂東武者の誇りにかけて西軍と戦い、豊臣《とよとみ》を滅ぼして泰平の世となってからは、家康に登用されなかった者たちは刀を捨てて土着し、生きるために土地を耕してきた。

天領の土地を耕すことはすなわち、天下の百姓だ。

彼らは誇りに思っていた。

天下の百姓でなくなるなら鍬を捨てると言い出す者が現れても、不思議なことではない。

清兵衛は皆に言う。

「若造がいくら検地をしようが、米は腐った、凶作と言い張り、米を出さねばよいことじゃ。領地の百姓を従わすことができなければ、領主は統治力に欠けるとお咎めを受け、領地替えされる。わしらはそれを待てばよいだけじゃ」

「天領に戻れば、年貢も上がることはねぇからな」

「倅もそうゆうておった。新しい領主は公家の出じゃ。蹴鞠《けまり》と歌ばかりにかまけておるのだろうから、歳を取ったとはいえども、いざ戦になれば、わしは負けはせぬわい」

言った老爺が立ち上がり、

「やぁ！」

と、槍《やり》を突く真似をして見せた。

「わしらは天下の百姓じゃ。従うは将軍様のみ。誰の指図も受けぬ！」

「おう！」

村の老翁たちが名主の下で団結する頃、若い者たちは、村の中心にある招福寺《しょうふくじ》に集まっていた。

その昔、戦国の世には村を掌握《しょうあく》していたと伝わる招福寺は、戦となれば砦《とりで》の役割を果たすよう縄張りがしてあり、門は瓦葺《かわらぶ》きの長屋門で、寺を囲む瓦塀も高く、攻め難《にく》い造りになっている。

村の長老に指示を受けた若い衆は、各家の米俵を寺に運び込み、蔵や本堂の奥へ隠した。

「誰も入れてはならぬ」

と言う清兵衛の指示どおりに、夜は篝火《かがりび》を焚《た》き、鍬や竹槍を持った者たちが、昼夜問わず警固《けいご》に立っている。

そうとは知らぬ善衛門と佐吉は、村のことを知るには寺の住職に訊ねるのが手っ取り早いという話になり、招福寺にやって来た。

「うむ？」

「なんじゃ？」

山門の物々しさに二人が立ち止まるや、背後の竹藪《たけやぶ》から村の若い衆が出てきて、取り囲んだ。

竹槍や鍬をにぎり、布で顔を隠した村の衆が、

「ここへは近づくな」

「帰れ！」

口々に言い、詰め寄ってくる。

危険を感じた佐吉が刀に手を伸ばしたが、善衛門が止めた。

「領民と揉めてはならぬ」

「しかし」

「この者たちは、上様にしか従う気がないのだ。こうなっては、焦らぬほうがよい。ここは退こう」

「住職と話もせずに退くのですか」

「見よ。寺もこの者たちの味方じゃ」

山門を村の衆が固めている。

「ここは、名主とじっくり話すしかない」

善衛門はそう言うと、竹槍を構える村の者に告げた。

「おぬしらと揉める気はない。帰るゆえ、道を空けてくれ」

村の者がなおも腰を低くして竹槍を向けるので、佐吉が前に出た。

竹槍を手で払い、じろりと睨む。

「ひぃ」

佐吉の迫力に目を見開いた村の者が、腰を抜かして尻もちをついた。

佐吉はその者を見下ろし、

「邪魔したな」

険しい顔で言い、胸を張って歩む。

村の衆は、佐吉の気迫に圧《お》されて分かれ、道を空けていく。

佐吉のあとに続いて村人たちの囲いから抜けた善衛門は、歩みながら後ろを振り向き、肩を落としてため息をついた。

「御老体らしくないですな」

気遣う佐吉に、善衛門はげっそりとした顔を向けた。

「このままでは、殿に顔向けができぬわい。まさか、このような抵抗に遭おうなどとは、思いもしなかった」

「まったくです」

佐吉もため息をつく。

「御老体」

「うむ」

「ふと思うたのですが、殿が最初に多胡郡の領地を賜った時といい、このたびといい、こうまですんなりいかぬのは、やはり殿が、将軍家譜代《ふだい》の家臣ではないからでしょうか」

「そうではないと言いたいところじゃが、譜代のわしには分からぬ。言えるとすれば、新たに賜った土地を治めるのは殿に限らず、難しいということよ。あの家康公でさえも、坂東の地へ入られた当初は、たいへんな御苦労をされたと聞いておるゆえな。わしの考えが甘かったのだ。時がなさすぎる。このままでは、年貢を納めさせるのは難しいであろう」

「そんな……」

「わしは明日江戸に戻り、殿に詫びる」

「頼母が検地を終えるのを待ったほうがよろしいのでは？」

「実質の石高を知ったところで、名主は米が腐ったと言い張り、出しはせぬ」

「このままでは、殿は此度の年貢を免除されますぞ」

「それが信平様よ。無理に取り上げるような真似は決してされぬ」

「困ったことになりましたな」

「困った」

「こう言ってはなんですが、殿はお人よしのところがございますからな。そこが良いのではありますが」

善衛門はひらめいた。

「名主を、殿に会わせてみるのも良いな」

「おお、それは妙案。殿のことを知らぬようですから、会えば必ず気が変わりますぞ。茶会に招くという名目で、江戸に連れて帰りましょう」

「そうじゃな、そうするか。となると、頼母を止めねばならぬ。検地は、村の衆を刺激するゆえな。わしとしたことが、なぜに早う思いつかなんだのだ。歳は取りとうないの、佐吉」

善衛門は佐吉の背中をたたき、頼母を捜しに行った。

八

その頃頼母は、帳面と筆を手に、村中を歩き回っていた。

田圃の広さを歩数で計る頼母が弾き出す数字は、正式な測量には及ばぬものの、参考にするには十分なもので、これまで見て歩いた限りでは、米だけでも、千石を僅かに超える石高がありそうだった。

これに、麦などの雑穀を加えると、かなりの石高が期待できる。

「さすがは上様、太っ腹であるな」

自分は信平とは違い、譜代の旗本だと思っている頼母は、この時、厚遇される信平に嫉妬《しっと》のような感情を抱いた。

同時に、

（信平という男は、それほど魅力があるのか）

とも思い、首をかしげる。

頼母は、将軍家旗本の身分にもかかわらず、信平に仕えたがる善衛門の気持ちも分からなかった。

年貢を渋る名主に稲穂を見せて質《ただ》したのは、信平のためではなく、己の信条に従ったにすぎない。

百姓が領主に逆らうことなど、あってはならぬ。

清兵衛は、元は坂東武者かもしれぬが、今はこの村の名主。百姓の代表なのだから、領主に従うのは当然ではないか。

曲がったことが嫌いな頼母は、清兵衛と共に領主に逆らおうとする百姓たちが許せなかった。

稲穂を見せて質したのはそれだけの理由である。他には何もない。

堅物、冷静沈着。おもしろくもなんともない男。

頼母は、自分のことを分かっているつもりであった。

できの悪い兄が、口やかましい弟を疎んじているのも、部屋住みの息子を他家に出したいと願う親の心根も、ほんとうは分かっているのだ。

次男がいつまでも家にしがみ付くのはみっともないのは確か。曲がったことが嫌いなはずの男がすることではない。

しかし、自分が婿養子に入るに値する家との縁談はこれまでひとつもなく、どうしても、首を縦に振ることができなかった。

気が向かぬ家に婿養子に入るくらいなら、千下家にとどまり、兄を助けようと思っていた。

縁談を断ってきたことへの仕返しとばかりに、譜代の者でもない信平の家来になれと言われても、従う気にはなれなかった。

積み藁が並ぶ冬の田圃を呆然と見ながら思考にふけっていた頼母が、ぼそりとぼやいた。

「陪臣になれとは、父上も、酷《ひど》い仕打ちをされる」

「この、馬鹿息子が！」

怒鳴り声に驚き、頼母は目を向けた。

声は、粗末な垣根の中でしたので、頼母はあぜ道を歩んで近寄り、そっと覗いた。

庭にいた三十代の男が、男児を叱りとばしている。

男児は、村で最初に出会った佐吉だ。

うつむいている佐吉は、父親に罵倒《ばとう》され、殴られても、涙も流さずぐっと耐えている。

「隠したものを出せと言っているのが聞こえねぇのか！」

父親が怒鳴り、顔をたたいた。

佐吉が倒れ、その拍子に手から卵が転がり出た。

転がった卵は割れずに、草の上に止まっている。

「素直に出せばいいものを、この馬鹿者が」

父親が言い、卵を拾うと、

「おっかぁのだ。返せ！」

佐吉が目に涙をためて訴えた。

「うるせぇ！」

父親は、しがみついて止める佐吉を蹴り倒し、卵を片手で割って口に落として飲んだ。

白身が垂れた口を手の甲で拭いながら、佐吉を睨む。

「なんだその目は。てめぇ、誰のおかげで飯を食ってやがる」

子を蹴り倒し、踏みつけ、ふたたびたたこうとしている父親の惨い仕打ちを見かねた頼母が、垣根を越えて駆け寄る。

「おい、よさぬか！」

幼い佐吉を踏みつけていた父親を、頼母が突き飛ばした。

「うお」

尻もちをついた父親が、侍の頼母を見て目を見開いた。

「な、何をなさいます」

息子に対する態度とは打って変わって、怯えた声をあげる父親を横目に、頼母は佐吉を立たせてやり、着物の土を落としてやった。

「中に入っていなさい」

応じた佐吉が、父親を避けるようにして家の中に入った。

入り口にいた母親が佐吉を受け止め、怯えたように奥へ入る。

頼母は、立ち上がる父親を睨んだ。

「貴様、昼間から酒を飲んでいるな」

父親は顔を横に向けた。

「ええ、飲んでいますとも」

「酔って子供に暴力を振るうとは、何ごとだ」

父親は開きなおった顔で頼母を見た。

「ほっといてくださいよ。親が子に何をしようが、あんたにゃ関わりねぇことだ」

「あんた、だと。無礼者め！」

「無礼なのはあんただ。ここはわしの家だ。出ていけ！」

父親に大声をあげられて、頼母は拳《こぶし》を作った。

「昼間から酒を飲み、子を痛めつけるとは何ごとだ。殴られる痛みがどのようなものか、身をもって思い知れ」

頼母は言うなり、父親の顔を殴った。

「あ！」

殴られた頬を押さえて倒れる父親。

頼母は、父親が幼い息子にしたように、倒れた父親の背中を蹴り、踏みつけた。

「お助け、お助けを」

「悪い酒を飲むくらいなら、子に飯を食わせろ。こざかしい嘘などつかずに、年貢を出せ！」

頼母が、年貢を出せ、と、怒鳴り声をあげた丁度その時、村の男が通りかかり父親が殴られるのを見て身を隠した。

ここにいたった経緯を知らぬ者が見れば、頼母の今の姿は、年貢を出さぬ百姓を痛めつける侍のように思えるであろう。

親から虐待《ぎやくたい》を受ける幼い佐吉を助けた頼母であるが、見られた時と相手が悪かった。

今、物陰に隠れているのは、名を厳治《がんじ》といい、歳は三十の働き盛り。村の百姓衆を束ねる者の一人で、名主と同じ坂東武者の子孫である。

「くそ野郎めが」

父親の背中を踏みつける頼母を睨んだ厳治は、その場を去り、家に帰った。

戸を開けて、不機嫌な顔で居間に上がる厳治のことを、台所仕事をしていた女房が驚いた顔で見ている。

ものも言わずに奥の部屋に入った厳治は、戸を閉め、屋根の梁《はり》に隠していた槍を手にした。

柄が太い朱槍は、百姓になる前は宮本《みやもと》の姓を名乗っていた厳治の祖父から伝わる家宝である。

何ごとかと入ってきた女房が、朱槍をにぎる厳治を見て目を見開いた。

「お前様、そんな物引っ張り出して何をするつもりかね」

訊く女房に、厳治は険しい顔で告げる。

「新しい領主の家来が、梅吉《うめきち》に年貢を出せと言って痛めつけていやがった」

女房が恐れて、声を失っている。

「この助宗《すけむね》の槍で、たたきのめしてやる」

厳治は、無数の刀傷が残る朱槍をにぎる手に力を込めた。

気合と共に、筋肉が盛り上がる腕を前に突き出すや、穂先が空を切る鋭い音を発して槍がしなる。

「宮本の血が騒いできおったわ」

誤解の怒りに身を震わせる厳治は、家から飛び出した。

何も知らぬ頼母は、二度と子供に手を上げぬと父親に約束させ、検地に戻ろうとしていた。

「柄《がら》にもないことをした」

真顔でそう言った頼母は、幼い佐吉を助けたのに満足し、江戸の屋敷では味わったことのない爽快感《そうかいかん》に、自然と笑みがこぼれた。

「おい！」

激しい怒気を含んだ声に、頼母が足を止めて振り向く。

朱槍を脇に抱えた百姓姿の男に、頼母は鋭い目を向けた。

「わたしになんの用だ」

「貴様、村人に暴力を振るって年貢を出させようとしても無駄だぞ」

「意味が分からぬことを申すな」

「黙れ！　貴様が梅吉を殴り倒すのを、おれはこの目で見ていた」

厳治が、槍の穂先を向けた。

頼母は、先ほどのことを誤解されたと覚《さと》ったが、顔色ひとつ変えず、事情を話そうともしない。

憤る百姓を恐れて、言いわけをしたと思われたくなかったのだ。

「武士に槍を向けることがどういうことか、分かっておろうな」

冷めた口調だが、その冷静さが、頼母が学問だけの男でないのを物語っている。

頼母が、刀の柄袋を飛ばして鯉口を切る。

庭にいる梅吉は、自分が元で誤解が生じ、厳治と侍の斬り合いがはじまろうとしているというのに、怖気《おじけ》づいて声も出せないでいる。

その横を駆け抜けた息子の佐吉に気付いて止めようとしたが、佐吉は道に駆け出て、対峙《たいじ》する二人のあいだに割って入った。

今まさに槍を突き出そうとしていた厳治が驚いた。

「佐吉、どけ!」

言ったが、佐吉は両手を広げて厳治を睨んだ。

「だめ! お侍様は、おいらを助けてくれたんだから、喧嘩しないで!」

必死の声で訴える幼い佐吉に、追って出た母親がしがみつき、厳治に言う。

「この子が言っていることはほんとうだよ。うちの人が、酒に酔ってこの子をたたいていたのを、お侍様が助けてくださったんだから」

佐吉の顔が赤く腫《は》れているのに気付いた厳治が、梅吉を見た。

梅吉は顔をそらし、うな垂れる。

ちん、と、鍔を鳴らして納刀した頼母が、何も言わずにきびすを返して去ろうとしたので、厳治は引き止めた。

「と、とんだ勘違いを! どうかお許しください」

足を止めた頼母が黒塗りの笠の端を持ち上げて、頭を下げている厳治を睨む。

「おぬしの勇気に免じて許す。槍は、見なかったことにいたそう」

そう言って検地に戻ろうとした頼母の袖を、佐吉が引いた。

頼母が見ると、佐吉が柄袋を差し出す。

頼母がふっと笑みを浮かべて受け取ると、佐吉もにんまりと笑った。

幼い佐吉と別れた頼母は、次の場所へ行き、田圃の検地をはじめた。

善衛門と佐吉が来たのは、検地を再開して半刻（約一時間）後だ。

「やっと見つけた。頼母、検地はしまいじゃ。江戸へ戻るぞ」

善衛門に言われたが、頼母は首を横に振る。

「まだ途中ですから、わたしは残ります」

「今検地をすれば、村の者を刺激するかもしれぬ。殿の沙汰を待て」

善衛門は、名主を信平に会わせる案を告げたが、頼母は一笑に付した。

「葉山様とも思えぬ浅知恵」

「なんじゃと！」

「年貢を出させるために領主が茶会に招くなど、聞いたことがありませぬし、侍気取りのあの者たちを、つけ上がらせるだけです」

「殿は、そのように度量が狭いお方ではない。茶の席でじっくり話をしてもらえば、名主は考えを改めるはずじゃと、わしは信じておる」

頼母は、帳面に走らせていた筆を止めた。

「では、わたしが名主を案内する役目をいたしましょう。沙汰があるまでこの村に残り、検地を進めておきます。検地をすべて終えましたら、村の子細を信平様にお渡しし、暇を願い出ます」

信平に仕える気のない頼母のことを、善衛門はあきらめた。

「くれぐれも、殿にご迷惑になるようなことはいたすな」

「こころえました」

「佐吉、江戸に戻るぞ」

善衛門に従う佐吉は、頼母に顔を向けた。

その佐吉に、頼母が言う。

「これまで村を見て回った限りでは、やはり昨年の米は豊作と思われます。そのむね、信平様にお伝えください」

頼母は頭を下げ、佐吉に何も言わせぬようにきびすを返して検地を再開した。

声をかけそこねた佐吉は、田圃に入る頼母の背中に言う。

「村の者と揉めごとを起こさぬようにな」

頼母は振り向きもしない。

佐吉は呆れた顔をして背を向けると、善衛門を追って道を駆けた。

第四話　領地の乱

武蔵国《むさしのくに》のとある宿場に続く道を、男女八人の一行が歩んでいた。

川越《かわごえ》で商いをしている初老の男は、店を跡継ぎの息子にまかせて江戸見物の旅をしている。

あるじは前の駕籠に乗り、すぐ後ろに続く駕籠には、後妻と思《おぼ》しき若い女が乗っていて、赤い紅をさした口角を上げて微笑みつつ、優雅に景色を眺めていた。

最後尾には、荷を担いだお付きの若者が二人並び、次の宿場では醤油だれのだんごが名物だから、夕餉の前に食べてみようだのと言いながら、駕籠に付いて行く。

右手の斜面の上では、大木に身を隠していた曲者がこの一行を見下ろして、舌舐《したな》めずりをした。

一行が通り過ぎて行くと、そっとその場を離れ、山を走る。

薄暗い山に、口笛が響いた。

音に気付いた駕籠かきたちは、山の不気味な様子にあたりを見回しながら歩んでいたのだが、先頭の駕籠かきが、後ろを担ぐ相方《あいかた》を引きずるように足を速めた。

先を急ぐその顔には、まったく余裕はなくなっている。

駕籠に乗るあるじがどうしたのかと訊くと、

「今そこの山の上に、妙な人影がありましたもので」

先頭の駕籠かきが、左の斜面を示しながら言った。

松の木が林立する曲がり道にさしかかった、その時、先頭の駕籠かきの目の前に、黒い影が飛び下りてきた。

黒装束を纏《まと》った男は、髪を茶筅《ちゃせん》に結い、髭《ひげ》を伸ばし、まるで野人。

刺すような鋭い目を向けられた駕籠かきが命の危険を感じ、駕籠を捨てて逃げようとした。

しかし、抜き手も見せずに払われた太刀に胴を斬られ、駕籠かきは声もなく突っ伏す。

これは一瞬の出来事で、駕籠の後ろを担いでいた相方は、口をあんぐりと開けている。

すぐ我に返り、逃げようとしたのだが、山の中から鋭く空を切って飛んできた矢に喉を貫かれ、呻き声を吐いて倒れた。

「ひ、ひい！」

駕籠から這《は》い出ようとしたあるじの目の前に、白刃が突きつけられる。

愕然としたあるじの目に映ったのは、賊の嬉々《きき》とした笑みだった。

「た、助けて。かか、金なら、いくらでも――」

「むん！」

聞く耳を持たずに振るわれた太刀に、あるじの首が飛ぶ。

首が道に転がるのを見て、後ろの駕籠に乗っていた女が気を失った。

駕籠かきと荷物持ちが次々と斬られる中、気を失った女に手を伸ばして顔を検めた男が、

「こいつは上玉《じょうだま》だ。お頭がお喜びになる」

乱れた着物の裾から見える色白の足にごくりと喉をならし、担ぎ上げた。

仲間たちは荷物をあさり、金目の物をすべて奪っている。

あるじの胴体から胴巻きを抜き取った男が、ずしりと重い手ごたえに満足し、

「引き上げだ！」

声をかけ、子分を引き連れて道なき山の中へ去った。

一

下之郷村の名主清兵衛を茶会に招くという善衛門のもくろみは、たまたま福千代の顔を見に来ていた頼宣の耳に入ってしまい、

「民に媚び諂えば、二度と、まともに年貢を取れぬと心得よ」

この一言で、頓挫していた。

なんの進展もなく、ひと月が過ぎようとしている。

千下頼母は、領地から一度も帰っていない。

清兵衛との交渉で何度も通っている善衛門によれば、

「検地に苦労している様子でござる」

と、いうことなのだが、実のところ、頼母は村にとどまり、未納の年貢を納めさせる切り口を探っているのではないかと、信平は見ていた。

先ほど領地から戻ってきた善衛門の不機嫌な様子に、信平が問う。

「頼母は、やはり麿の家来になる気はないのか」

善衛門がちらりと信平を見て、うなずいた。

「検地に加え、年貢を納めさせて手柄といたし、暇を願い出る気でござる」

「そうか」

信平は部屋から廊下に歩み出て、憂鬱《ゆううつ》な顔を庭に向けた。

「此度の年貢は、御公儀よりお許しをいただいたというに」

善衛門がうなずき、信平に言う。

「こう言ってはなんですが、頼母は相当な堅物ですな。年貢免除の件を伝えましたが、それでは示しがつかぬと言って聞きませぬ。村の者たちを従わせようと躍起になっておりますが、なかなか、村の者たちも頑固でございまして。凶作だの、将軍家にしか米を納めぬだの言い、らちがあきませぬ」

信平が善衛門に顔を向ける。

「下之郷村の民に、年貢免除を伝えたのではないのか」

善衛門が、なんともいえぬ、曖昧《あいまい》な笑みを浮かべた。

「伝えようとしたのですが、頼母がしばし時をくれと言いますものですから……」

今や用人の務めをしている善衛門とて、石高に見合う人数を召し抱えるためにも、年貢が少しでも入ってほしいのだろう。

その気持ちを察した信平は、黙って庭を見ている。

頼母が陪臣を拒むのと同じで、下之郷村の民も、天下の百姓でなくなることを不服としている。

これまでの流れでそう気付いた信平は、登城した際に老中阿部豊後守に相談し、領地替えを願い出たのだが、

「あの地を選ばれたのは、上様だ。そなたを思う上様のお気持ちを、徒《あだ》にする気か」

と、諭《さと》され、許されなかった。

領地替えをあきらめた信平は、下之郷村の年貢を免除する考えでいると申し出て、此度限り、という約束で許されていたのだ。

天変地異による飢饉《ききん》でもないのに領地から年貢を取れぬ者など、領主としては失格だ。本来なら咎められるところであるが、何よりも民のことを第一に考える信平の申し出だけに、豊後守は理解し、松平伊豆守と合議のうえで、将軍家綱の耳に入らぬよう取り計らい、お咎めなしとしていた。

一年をかけて下之郷村を信平の領地にしていくことは頼母にも伝えたのだが、帰ってこない。

「頼母は何を考えておるのか、それがしには分かりませぬ。一人で先走ったことをいたすといけませせぬので、やはり連れ帰りましょう」

善衛門に、信平は優しく微笑む。

「手荒なことをせぬならよい。駿河台《するがだい》の屋敷では学べなかったこともあろうゆえ、気がすむまでいさせてやるがよい」

「殿はそれでよろしいのですか。それがしは、あの者が領民と揉めはしないかと心配でなりませぬ」

「衝突して仲ようなることもある」

「確かに、そういうこともあるにはありますが……」

信平のおおらかすぎる返答に、善衛門は気を揉んだ。古狸の名主清兵衛と頼母が笑みを交わす光景が、善衛門の頭にはどうしても浮かばないのだ。

信平は、難しい顔をして肩を落とす善衛門の前に座り、朱塗りの盃を渡した。

「苦労はあろうが、頼母を頼む」

善衛門は信平の酌を受け、酒を飲み干す。

寒空の下を歩いて戻っていた善衛門が、旨そうに目を閉じた。

「臓腑《ぞうふ》に染み渡りますな」

盃を返して、善衛門は信平に訊く。

「ところで殿」

「ふむ」

「殿は何ゆえ、頼母をお選びになったのでござるか」

「言うてなかったか」

「はい」

「麿も、よう分からぬ」

信平の答えに啞然《あぜん》とした善衛門は、酒を注ぐ手を止めるのも忘れた。

酒がこぼれそうになるのを防いだ信平は、盃に脹らむ酒を一滴たりともこぼさずに口へ運んだ。

静かな身のこなしに、善衛門が感心する。

「それがしなどは、手が震えて真似できませぬぞ」

酒を飲み干した信平は、人の気配に顔を向けた。

新たに雇った若党が廊下に座ったのは、その時だ。

「殿、御老中、阿部豊後守様から火急の知らせがまいりました」

書状を差し出すので、善衛門が受け取り、信平に渡した。

信平はその場で書状に目を通し、立ち上がる。

「いかがなされました」

「伊豆守様がお倒れになった」

「なんですと」

善衛門が目を見開く。

信平が江戸に下向して以来、厳しくも味方をしてくれた大恩人である松平伊豆守信《のぶ》綱《つな》が、重い病に倒れたのだ。

文には、伊豆守が信平に会いたがっていると、書かれていた。

「すぐ見舞いに上がる。善衛門、支度を頼む」

「承知」

善衛門は見舞いの品の手筈《てはず》に向かった。

信平はその日のうちに江戸城の曲輪《くるわ》内へ行き、川越藩の上屋敷にいる伊豆守を見舞った。

「わざわざ呼び立てして、すまぬ」

「伊豆守様、お加減はいかがでございますか」

「見てのとおりよ」

白い寝巻を着て病床に横たわる伊豆守は、顔色も悪く、熱があるのか、額に汗を浮かべている。

信平は部屋に通される前、御典医《ごてんい》からあまり時間を取らぬよう忠告されていた。病状はかなり悪そうだ。

信平は知らなかったが、この時伊豆守は、尿が出ない病にかかり、毒が身体中に回っていたのだ。

病を治す薬はなく、伊豆守の後ろに付き添っている御典医は、じっと目を伏せ、深刻な顔をしている。

知恵伊豆と呼ばれ、幕府老中として権勢を振るっていただけに、伊豆守の急病は江戸城中に激震となって広がり、武蔵国川越藩の上屋敷は、火が消えたように静まり返っている。

病に辛そうな伊豆守であったが、信平の顔を見ると無理をして起き上がり、御典医を外に出させた。

二人きりになると、青い顔を信平に向けて言う。

「年貢を免除して、領地の揉めごとは収まったのか」

「いえ。未だ決着を見ておりませぬ」

「さようか」

伊豆守は視線を落とした。

「わたしの力不足です」

信平が不甲斐なさを詫びると、伊豆守が目を向ける。

「信平殿、分かっておろうがあえて言う。領地の揉めごとは、あまり時をかけてもよろしくないぞ。領主たる者、時には厳しい態度を見せねばならぬ。年貢を納めぬなど、一揆に等しい抵抗じゃ。従わぬなら、名主以下、領主に逆らう者どもを罰することも念頭に置き、旗本らしく毅然と対処されよ」

若かりし頃、大坂の陣以来最大の戦となった島原《しまばら》の乱を鎮圧《ちんあつ》した伊豆守だけに、厳しいことを言う。

「肝に銘じまする」

頭を下げる信平に、伊豆守は切り出す。

「話は変わるが、近頃関八州に凶悪な賊が出没するのを知っておるか」

「存じませぬ」

「そうか。その者どもは、わしの病を知ってか知らでか、武蔵国へ手を伸ばしてきおった。川越の城へ出入りしていた商人が襲われ、持ち金を奪われた挙句に首を刎ねられ、供をしていた後妻が行方知れずじゃ。藩をあげて取り締まりを強めたのだが、探索の手を逃れて姿を消したらしい」

伊豆守らしからぬ、焦った物の言い方をする。

信平は、伊豆守の言わんとしていることを察して、先回りして訊ねた。

「その賊どもが、江戸へ来ると」

伊豆守は首を横に振った。

「あの者どもは、江戸には入らぬ。関八州でも、代官頭の目が届きにくい村々を襲っては、外との連絡を一切断たせて支配する。略奪、暴行など、やりたい放題をして吸い取れるだけ吸い取り、役人の手が伸びる寸前に姿をくらますのだが、賊どもが去ったあとには、まるで戦でもあったかのごとく、無残な光景が広がっているそうじゃ。よいか、信平殿。一刻も早う領地の揉めごとを収めねば、賊に目を付けられると思え」

伊豆守は、いつもの鋭い目に戻っていた。

信平を呼んだのは、これが言いたかったからだ。

「御忠告、感謝いたします」

信平は伊豆守に頭を下げ、早々に辞した。

いっぽう、武蔵国の山道で攫《さら》われた商人の後妻は、その後どうなっていたか。

商人を襲撃した者たちに連れ去られた後妻は、頭目である大悪党の鬼雅《おにまさ》に引き渡され、なぶりものにされた挙句に、鬼雅が支配する宿場で死ぬまで働かされることになる。

耳目を塞ぎたくなるほど惨く哀れだが、鬼雅の一味に捕まったら最後、地獄から抜け出せない。

鬼雅一味に支配された宿場や村の者たちはなす術《すべ》もなく、悪党どもが甘い蜜を吸い尽くして去るのを待つしかないのだ。

ただし、凶悪な鬼雅が去ったあとには、何も残らぬと言っていい。

家は焼かれ、人々は口止めのために皆殺しにされるのだ。

残虐非道な鬼雅一味は、次に狙う村や宿場を探すために、方々へ情報網を張っている。

その情報網に下之郷村がかかったのは、伊豆守が信平に忠告した日だった。

「村人が新しい領主に反発し、年貢を出さないでいるそうな」

という噂が風に乗り、代官頭の頭を悩ませていた鬼雅の耳に届いてしまったのだ。

支配していた村の根城で噂を聞いた鬼雅は、全裸で気を失っている女の乳房を鷲《わし》づ

かみにして、

「ねぐらを替える。こいつを始末しておけ」

命じて起き上がり、太刀を抜いた。

顔に百戦錬磨の刀傷を刻む鬼雅は、行灯の明かりを映す刀身に向けた隻眼《せきがん》を嬉々と輝かせて、低くよく通る声で告げる。

「その村をいただく。人を集めろ」

「御意《ぎょい》」

命じられた男は、片手をついて頭を下げ、音もなく去った。

二

この日、千下頼母は、騎馬集団が馬蹄《ばてい》の音を轟《とどろ》かせて下之郷村に入ったことなど知る由《よし》もなく、海に近い村外れの田圃を見て回っていた。

鬼雅を先頭に村になだれ込んだ騎馬軍団は、道にいた村の衆を蹴散らし、名主の清兵衛宅へ押し入った。

慌てて刀を抜こうとした村役人たちを斬殺した鬼雅が、土足で座敷に上がり、清兵衛に刃を向ける。

逃げようとした女中たちは手下に捕まり、抵抗もむなしく身包《みぐる》みを剝《は》がされ、逃げられぬように部屋に閉じ込められた。

このあいだにも、手下たちが村の家々を襲い、村の衆を掌握していった。その手際の良さは、よく鍛えられた軍勢にも似た動きの速さで、小さな村は瞬く間に陥落《かんらく》してしまったのだ。

村の家々にいた若い女は捕らえられて名主の家に連れて来られ、女中たちと同じく身包み剝がされて閉じ込められた。

男は抵抗すれば容赦なく斬られ、大人しく捕らえられた者は、首に縄をかけられて名主の家に連れて来られ、鬼雅がいる客間の前に並ばされた。

床几《しょうぎ》に腰かけ、名主の清兵衛を腹ばいにさせて背中に足を置いていた鬼雅が、集められた村の男たちを鋭い目つきで見回し、そばに控えている手下に言う。

「ふん、ちょろいものだな、幾地《いくち》。坂東武者の子孫が聞いて呆れる」

「はい」

幾地が薄笑いを浮かべている。

「我らこそが、真の坂東武者よ」

鬼雅が清兵衛の顔を踏みつけた。

「刀を捨てたこの者どもとは、格が違う」

「御意」

鬼雅が顎を振って指図すると、応じた幾地が縁側に立った。

「よいか、村の者ども。貴様らの女房子供は、我らの手中にある。一人でも村の外に出ようとすれば、誰とも構わず人質を殺す。己の家族の命が惜しければ、互いを監視し、村から出さぬことじゃ。これより半刻猶予《ゆうよ》を与えてやる。村中の米を集めてここへ持って来い！」

「何を言いやがる！　賊どもに誰が従うか！」

威勢のいい声が村の男たちの中からあがった。

足を組み、退屈そうにしていた鬼雅が薄笑いを浮かべた。

「幾地、舐められておるぞ」

「申しわけございませぬ」

鬼雅に頭を下げた幾地が、庭の男たちを睨む。

「今声をあげた者は誰だ！」

村の衆は誰も口を開かない。

幾地が手下に命じる。

「誰でもいい、女を一人連れて来い」

嬉々とした目で舌舐めずりをした手下が、部屋に閉じ込めていた女たちの中で目についた者の髪をつかみ、引きずり出してきた。

全裸にされている妻の姿を見て、夫が目を見開き、叫んだ。

「何しやがる！」

前に出た村の男を、幾地が睨む。

「貴様の女房か。誰が声をあげたのか言わねば、女房が死ぬぞ」

幾地が、座らせた女の後ろで抜刀した。恐怖に目を瞑り、声も出ない女の頭上に刀を振り上げて告げる。

「言うておくが、脅しではないぞ」

夫は悲鳴をあげた。

「やめろ！　やめてくれ！」

「声をあげたのはわしだ！」

四十代の男が大声で訴え出た。

刀を止めた幾地が、

「ふん、おもしろうない」

と言って女を蹴り倒しし、庭に飛び下りる。

幾地は、名乗り出た男の前に行き、すぐさま斬殺しようとしたが、

「やめい！」

鬼雅の一言で、頭めがけて打ち下ろした刀を紙一重で止めた。

村の男が、腰を抜かして尻もちをつく。

庭に下りた鬼雅が、恐怖に顔を青ざめさせている村の男と顔を突き合わせた。

「お前、名は」

「し、庄助《しょうすけ》」

「このわしにたてつくとはいい度胸だ。気に入った。貴様の勇気に敬意をはらい、村の者どもの見せしめにしてやろう」

鬼雅はそう言うなり、手下が渡した木刀で庄助の顎を砕き、背中を打ち、腹を打ち、全身を激しく痛めつけた。

呻き声も吐けぬほどに打ちのめされる庄助を見た村の者たちは、完全に威勢を削《そ》がれ、鬼雅の前にひれ伏した。

「米は、隠してあります」

「すぐに持ってまいります」

村の男たちが庄助を助けてくれと懇願するので、鬼雅は暴行をやめ、木刀を投げ捨てた。

「村で一番目立つところへくくりつけておけ」

命じた鬼雅は、座敷に上がって清兵衛を踏みつけて奥へ行き、捕らえている女の中から気に入ったのを選ぶと連れ出し、

「酒を持って来い」

手下に命じて、奥の部屋へ入った。

手籠めにされる女の悲鳴を聞いても、手も足も出せぬ清兵衛は、悔しさに瞼をきつく閉じ、顔を引きつらせている。

「すでに半刻もないぞ。遅れたら、人質を殺す！」

幾地に言われて、村の衆は慌てて外へ出ていった。

頼母は村の異変に気付かぬまま、領地を出て海辺まで足を延ばしていた。

帳面に最後の一文字を書き入れ、検地を終えた満足感に吐息を漏らし、生まれて初

めて見る九十九里の先に広がる大海原《おおうなばら》に目を細め、大きく息を吸って吐いた。

この海辺は信平の領地ではなく天領。

美しい景色までも将軍家の物だと思えば、直参旗本として誇らしさが増してきた。

信平の領地になる村全体の石高は、しめて千二百石は期待できる広さがある。

隣村まで足を運んでいた頼母は、このあたりの田圃は豊作だった証《あかし》をつかんでいたので、名主の清兵衛に豊作の事実を問い質して年貢を少しでも納めさせれば、助っ人としての役目を終えられると考えていた。

天領の美しい景色を見て、陪臣になる気がますます失せた頼母は、年貢米を手土産に江戸へ戻り、信平に暇を申し出て駿河台の実家へ帰ると決めた。

家に帰り、美しくて雄大な天領のことを兄に話して聞かせてやろう。

さすれば、うつけの兄も少しは屋敷の外に興味を持つかもしれぬと、頼母は思ったのだ。

海辺を離れた頼母が、村に戻って名主の家に向かっていた時、ふらふらとした足取りで走っている村人が田圃の向こうに見えた。

若い女だ。

誰かに追われているのか、しきりに後ろを気にしている。

と、その時、藪の中から飛び出した男が、女の行く手を塞いだ。

女は悲鳴をあげ、来た道を引き返そうとしたが、もう一人男が現れて、挟《はさ》み撃《う》ちにした。

腕をつかまれた女は、抵抗するもむなしく腹に拳を突き入れられ、気を失った。

「手こずらせやがって」

男がそう言って肩に担ぎ上げたのだが、仲間が止めた。

「こいつは上玉だ。たまには、お頭の前にいただいちまおうぜ」

「そいつはいい」

話に乗った男が、女を担いで近くの藪に入った。

枯れ草の上に女を下ろし、着物の裾を割って足にしゃぶりついた男が、

「うっ」

短い声をあげて目を見開いたかと思えば、がっくりと、女の足のあいだに突っ伏した。

横にいた男が気付いて刀を抜こうとした目の前に、ぎらりと切っ先が突き出される。

「ま、待て」

男は命乞いをしながらも、太刀を抜いて斬ろうとしたが、頼母は切っ先を喉に突き入れ、男を倒した。

「悪党め」

頼母は、絶命した男たちに軽蔑の眼差しをくれ、女を助け起こした。

頬を軽くたたき、

「おい、しっかりいたせ。おい」

何度も声をかけるうちに女が呻き声を吐き、うっすらと目を開けた。

腕に抱かれていることに気付いて目を見開き、怯えて離れたので、頼母は立ち上がった。

「勘違いするな。わたしはお前を助けた者だ」

はだけた着物の裾を慌てて合わせる女から目をそらした頼母。

女が小さな悲鳴をあげたので振り向くと、頼母が倒した曲者の骸《むくろ》を恐れていた。

頼母は女の手を引いて立たせようとしたが、藪の外に馬蹄が止まったので、女の口を塞ぎ、身を伏せた。

「あの二人はどこまで行きやがったんだ」

仲間だ。

「いい女だったからな。藪の中に引きずり込んで楽しんでいやがるかもしれねぇぞ」

「おめぇ、調べてきな」

馬を降りる気配があった。

頼母は女に声を出すなと言い、刀をにぎる。

藪に分け入る音がした。

「おい、いるなら返事をしろ。おれにも遊ばせろよ」

男が声をかけたが、骸が答えるはずはない。

「いねえか」

仲間に急かされ、

「ああ、ここにはいねえようだ」

男が答える。

「近くの家かもしれねえな。行くぞ」

仲間の声に、すぐそこまで来ていた足音が止まり、引き返した。

やがて馬の嘶きがして、馬蹄が遠のいていく。

頼母は、ほっと息をついた。

「もう大丈夫だ」

抱きしめていた左腕に女の柔肌が当たっているのに気付き、頼母は慌てて離れた。

「すまぬ」

女は首を横に振って頼母に頭を下げ、泣きながら訴える。

「村が、村が大変でございます」

「落ち着いて話せ。お前は下之郷村の者か」

「はい」

「何があったのだ」

女は骸を指差す。

「この人たちに襲われました。おっかさんと妹は攫われて、おとっつぁんはあたしを逃がしたあと、どうなったか」

突然馬に乗った集団が来襲して、家に押し入ってきたという。

頼母が問う。

「仲間は何人いる」

「分かりません。大勢です」

女はその時のことを思い出したのか、がたがたと震えはじめた。

まだ幼さが残る女が哀れになり、頼母は手をにぎって励ます。

「もう大丈夫だ。わたしがお前を助ける。いいな」

女は、すがる目でうなずいた。

「お前の名は」

「なみといいます」

「なみ、名主はどうしている」

「分かりません」

逃げるのに必死だったのだろう。

頼母は、村の様子を探らねばならぬと思った。

刀を納めて脇差を抜き、藪を刈り取って賊の骸を隠すと、なみを連れて藪から出た。

周囲を警戒しながら村外れの小高い丘に行った時、家が焼ける炎と煙が上がるのが見えた。

その家は、子供の佐吉の家に違いなかった。

共に身を伏せているなみが、幼い佐吉を案じる。

村の道を進む一団に目を向けた頼母。

米俵が山と積まれた荷車を、村の者たちが引いている。

一台だけではなく、五台、六台と続き、名主の家に向かっていた。

その先にある名主の家は、門前に繋がれた馬が十数頭見え、屋敷の中が騒がしい。

裸で門の外へ逃げ出した女が、追って出た男に捕まり、押し倒されている。

「これは、大変なことになった」

頼母は、以前父親から聞かされていた凶悪な賊どもが襲ったのだと確信し、動揺した。

なみが、目に涙をためて言う。

「あたしのおとっつぁんと厳治さんが、きっと倒してくれます」

厳治と聞いて、頼母が目を向ける。

「朱槍を持っている、あの厳治か」

なみがうなずく。

「お前の父も、坂東武者の子孫なのか」

「いえ、おとっつぁんは百姓ですが、鉄砲が得意なのです。今もきっと、厳治さんとどこかに隠れて、みんなを助けようとしているはずです」

「隠れ場所を知っているのか」

なみが暗い顔で首を横に振る。

隠れ家を探すにしても、賊どもに見つかれば厄介だ。

頼母は、なみを安全な場所に逃がすのが先だと思い、立ち上がった。

「村から一旦出る。いいな」

有無を言わさず手を引いて丘を駆け下り、民家の裏庭へ忍び込んだ。

なみの手を離さず、表に回る。すると、庭に二頭の馬がいた。

家の中に、人の気配がする。

頼母は、台所の格子戸を少しだけ開け、隙間から中を覗いた。

手足を縛られた女が二人いるのが見えた。

この家の姉妹だろうか。

背中合わせに柱に繋がれて、しくしく泣いている。

頼母は表に回って探った。女たちを縛った賊どもは、家の前の道に出て、見張りをしているようだった。

その道は、村から出る道のひとつだ。村の外へ向かって立っているところを見ると、誰も入れぬよう見張っているに違いない。

頼母は、そっと裏に回り、家に上がった。

驚く女たちに静かにするよう合図し、縄を切った。

「逃げろ」

小声で言うと、女たちが首を横に振る。

「どうした」

「逃げたら、旦那が殺されます」

「おとっつぁんが殺されます」

二人の若い女が、震える声で縛ってくれと頼んだ。

「何を言っている。どのような目に遭わされるか分からぬぞ。逃げるのだ」

だが、女たちは動かなかった。見つかれば、自分たちも即座に殺されると思い、恐れているのだ。

「おのれ」

頼母は、恐怖によって瞬時に村人を支配した賊の頭目の狡猾《こうかつ》さに憤り、拳をにぎり締めた。

「必ず助けを呼んでくる。それまでの辛抱だ」

悔しいが、そうするしかなかった。

女たちの望みどおりに手足を縛り、なみと共に裏から出た。

「江戸に戻るには、林を抜けるしかない」

そう言ったが、なみは躊躇った。

「いかがした」

「おっかさんと妹は、あたしが逃げたことで責められていないでしょうか」

「今は考えるな。お前が戻ったところで何も変わらぬし、母はきっと悲しむ」

なみの目から、涙がこぼれ落ちた。

そのなみの手を強くにぎり、頼母は丘の上に登った。道なき林に分け入り、信平に知らせるべく江戸を目指した。

三

奥屋敷で松姫と福千代と共にいた信平のところに、竹島糸が血相を変えて現れた。

「信平様、一大事にございます」

「いかがした」

「下之郷村が、盗賊に襲われて大変なことになっているそうにございます。急ぎ表においでいただくよう、葉山様が」

信平は、伊豆守の忠告を受けて名主との交渉を改めると決めていた矢先だっただけに、衝撃を受けた。

膝に抱いていた福千代を松姫に渡し、すぐさま表に行く。

書院の間に入ると、全身を土埃《つちぼこり》に汚した頼母が頭を下げ、村が襲われて乗っ取られた状態にあり、略奪が行われていると報告した。

「村の娘一人を助け出すのが、やっとでございました」

善衛門は目を見開き、顔を引きつらせてうろたえている。

「殿、いかがいたしますか」

信平が答える前に、頼母が口を挟んだ。

「ただちに、代官頭の助けを借りて攻め込むべきかと」

頼母の進言に、善衛門が反対した。

「それでは戦になる。まして、人質も取られているのだ。逆上して皆殺しにされでもしたら大ごとじゃ」

頼母が善衛門に鋭い目を向けた。

「一刻を争います。議論をしている場合ではございませぬぞ」

「我らだけで行く」

信平の言葉に、頼母は愕然とした。

「わたしの話を聞いておられませぬのか。相手は数十人です。たったこれだけでは、殺されに行くようなものです」

「村を襲ったのはおそらく鬼雅一味じゃ。迂闊《うかつ》には動けぬ」

信平が言うと、頼母がすかさず訊いた。

「何者でございますか」

信平は、伊豆守から教えられていたことを聞かせた。

「相手は狡猾かつ、極悪非道の輩。代官頭のみならず、伊豆守様も手を焼いておられる」

「なんと」

目を見開いて絶句する頼母に、信平が言う。

「大人数の手勢が動けば即座に察知され、鬼雅は逃げる。その際、村人は口封じに皆殺しにされてしまうらしい」

「そ、そんな」

動揺して目を泳がせる頼母に、信平が訊く。

「先ほど、村の娘を助け出したと言うたが、どこにおる」

「江戸まで連れて帰るつもりでしたが、道なき道を逃げて疲れ果てていましたので、生実の旅籠に頼み、逗留させております。その者の父が、宮本厳治という者に与し、盗賊一味と戦う支度をしているやもしれませぬ」

するると、善衛門が言った。

「宮本厳治といえば、父親に殴られていた佐吉を助けた時に、危うく斬り合いになりそうになったという、あの男か」

「はい」

村に佐吉と同じ名の子がいる話を聞いている信平は、頼母に訊く。

「宮本厳治とは、何者じゃ」

「村の百姓ですが、祖父は地侍として数々の戦に参加した者らしく、なかなか骨のある男でございます」

「早まったことをしておらねばよいが」

信平は、こうしているあいだにも賊に戦いを挑んでいるのではないかと案じた。

「すぐ領地にまいる」

信平が言うと、善衛門と佐吉が立ち上がり、庭に控えていた鈴蔵も続く。

部屋の入り口にお初が座り、自分も行く、と、信平に目顔を送る。

うなずいた信平は、狐丸を取り、座っている頼母に顔を向ける。

「そちはいかがする」

「御家の領地とはいえ、旗本である信平様が御公儀への届けなしで勝手に行けば、お咎めを受けますが」

頼母の心配はもっともなことだが、信平は不敵に笑う。

「麿の行動は、元より御公儀に筒抜けじゃ」

本来は信平の監視役である善衛門とお初が、笑みを浮かべてうなずく。

「どういうことにございますか」

訊く頼母に、善衛門が言う。

「もともと殿の目付役であるわしとお初の口裏が合《お》うておれば、どうとでも言いわけができるというわけじゃ」

驚く頼母の後ろで、お初が言う。

「信平様、急ぎお支度を」

「ふむ」

着替えをしに奥へ下がろうとした信平を、頼母が呼び止めた。

「たったこれだけの人数で勝てるとは思いませぬが、ここで行かねば武士の恥」

頼母は立ち上がり、信平に鋭い目を向ける。

「お供つかまつります」

「では、まいろうぞ」

信平は、黒い狩衣に着替えて支度を整え、中井春房に屋敷の留守を託すと、善衛門たちと共に出かけた。

春の空は日が西にかたむき、外は寒さが増していた。

日が暮れる前に大川を渡り、月明かりを頼りに夜通し進んだ信平たちは、夜明け前に生実まで行った。

頼母がなみを逗留させていた光屋《みつや》という旅籠に行き、そこで一休みする。

程なく、頼母に連れられたなみが、信平の部屋に現れた。

新しい領主だと言われて、なみが廊下で平伏する。

「面を上げよ」

信平の言葉に応じて、なみが顔を上げた。

「辛い目に遭わせてすまぬ」

信平に詫びられて、なみは驚いて首を横に振る。

不安そうで、悲しげな顔をしているなみに、信平が言う。

「攫われた親兄弟は、麿が必ず助ける。安心して、ここで待っていなさい」

するとなみが、必死の顔で訴えた。

「どうか、わたしも行かせてください。名主様の屋敷をうかがい見ることのできる場所へ、道案内をしとうございます」

「そこは、いかなる場所じゃ」

「社でございます」

頼母が口を挟んだ。

「丘の上にある玉垣《たまがき》神社のことか」

「はい」

なみが案内すると言う玉垣神社は、名主の屋敷の南に位置する丘陵地にあり、社から屋敷を直接見ることはできないが、裏手の林に踏み入れれば、村が見渡せる。

頼母が、そこなら陣を構えるのに最良だと言った。

「検地をしただけあり、詳しいの」

感心する善衛門に、頼母は目礼し、なみに訊く。

「玉垣神社なら、わたしが案内できる」

すると、なみが首を横に振った。

「おとつぁんとおっかさんと妹のことが心配で、ここにいても落ち着きません。どうか、道案内をさせてください」

突っ伏すようにして懇願するなみを見て、信平がうなずく。

「では、案内を頼む」

頼母が即座に反対した。

「いけませぬ。村は賊に奪われているのですから、危のうございます」

なみが必死に訴えた。

「わたしは、村にいる盗賊に気付かれない道を知っています」

応じた信平が、頼母に言う。

「ここに置いておくよりは安心じゃ」

信平は、なみを旅籠にいさせても、きっと抜け出して村へ行くと思い、道案内を許したのだ。

その真意が分からぬ頼母は、か弱いなみを危ない目に遭わせる信平を睨む。

信平は視線をかわして、立ち上がった。

「では、すぐに出立じゃ。なみ、今一度訊くが、村へ入る道は賊が見張っている。そこを避けて案内できるのだな」

「はい。茸《きのこ》狩りでいつも山には入っていますから、おまかせください」

「では、頼む」

信平たちは、少しの休息だけで旅籠を出た。道のりを休まず歩み、村を大きく南に迂回《うかい》して社を目指した。

山に入る前に日が落ちてしまったので、隣村の寺で朝を待ち、

「ここからは、なみの出番じゃ」

毎年のように山を越え、隣村まで来ているというなみは、知り尽くしている山を案内した。

なみは、細い足に見合わず健脚で、獣道をぐいぐい上がっていく。

そして、日がすっかり昇った頃に、玉垣神社に到着した。

村の小さな社は賊の手が及んでおらず、木立に囲まれて静まり返っている。

先に山から出た鈴蔵が、あたりを探りながら境内を走り、小さな拝殿の中を調べた。

戻ってきて、拝殿に潜めると言うので、信平たちは山から出て歩み寄る。

「二千四百石の旗本が、こそこそするのはいかがなものか」

ここへきて、頼母が信平に聞こえぬ声で善衛門に愚痴った。

「つべこべ言わず、殿がなさることを見ておれ」

善衛門は不機嫌に言い、頼母を黙らせた。

「善衛門、頼母」

信平に呼ばれ、善衛門が顔を向ける。

黒い狩衣姿の信平は、杜の薄暗い中に溶け込んで見えにくいので、善衛門は思わず目を擦る。

頼母に続いて歩み寄り、

「殿、いかがなされた」

訊く善衛門に、信平は言う。

「これよりお初と鈴蔵と共に村を探る。佐吉と三人でここにとどまり、なみを守ってくれ」

「供が二人では危のうござる。それがしも」

善衛門は願い出たが、信平は受け入れなかった。

「まずは、敵を知るのみ」

信平はそう告げると、杜の中へ駆け入った。

その身軽な動きを初めて見た頼母が、瞠目《どうもく》した。

「あのお方は、いったい」

「殿は、鞍馬《くらま》の天狗《てんぐ》じゃ」

大太刀を肩に担いだ佐吉が、誇らしげに言う。

頼母は、信じられぬという顔を、信平が去った杜に向けた。


音もなく山を駆けた信平たちは、村を見渡せる場所に出た。

「殿、あれが名主の屋敷です」

鈴蔵が指差す先に、大きな藁屋根が見える。その屋根からは、囲炉裏か台所の、白い煙が立ちのぼっていた。

信平が、懐から遠眼鏡《とおめがね》を出し、村を見渡す。

名主の屋敷と、近くに軒を並べる家以外で煙が上がっているところはない。

「農家の者たちは、名主の屋敷と、近くの家に集められているようじゃ」

「では、拙者が名主の屋敷を探ります」

鈴蔵が言うので、信平は許した。

「麿は一回りして社へ戻る。何か分かればすぐに知らせてくれ」

「承知」

岩場から飛び降りた鈴蔵が、人気のない小道を駆けて行く。夜を待って名主の屋敷に近づき、忍び込むつもりだ。

信平はお初と共に山をくだり、近くの農家を調べた。

家に人気はなく、静まり返っている。

「賊どもは外との連絡を断つために道を塞いでいる。潜んでいる村の者たちがいるとすれば、そこを狙って活路を開こうとするであろうな」

「相手は鬼雅一味です。ことを起こしたあとでなければよいですが」

鬼雅の残忍さを知っていたお初は、村の者たちの命を案じた。

「鈴蔵が戻るまでは時がある。あたりを探ってみよう」

「はい」

信平はお初と共に走り、村の探索に向かった。

四

「やめて、やめてください」

必死に抵抗する女の手を押さえつけた鬼雅が、乳房に嚙《か》みついた。

同じ部屋にいる幾地は、うつ伏せにぐったりしている女の髪をつかんで顔を覗き込

むと、

「ち、気絶してやがる」

おもしろくなさげに言って横に座り、酒をがぶのみした。

酒と男女の汗の臭気が、屋根裏にまで伝わってくるようだ。

暗闇に潜む鈴蔵は、天井板の隙間から差し込む明かりに目を光らせ、顔色ひとつ変えずに、女をいたぶる男どもの姿を見ている。

気配を完全に消すために、怒りの念は抱かず、無の境地で探りを入れているのだ。

日が西に沈み、空が茜色《あかねいろ》に染まる頃から、鈴蔵は屋敷に忍び込んでいた。

捕らえられている村の者たちの扱いは、酷い。

村の男たちは外に繋がれ、若い女たちは裸で部屋に押し込められ、手下どもが目を光らせている。

子供と老人は離れにいるのだろう。そこにも手下が二人ほど付き、

「損な役回りだ」

などと愚痴りながら、監視の目を光らせていた。

盗賊どもは、道の要衝《ようしょう》を押さえて監視し、村外との繋がりを断っているので油断しているらしく、名主の屋敷を攻めるのは容易《たやす》い。

そう見て取った鈴蔵が、信平に知らせるべく去ろうとした時、下がにわかに騒がしくなった。

鬼雅がいる部屋に手下が入り、大声で告げる。

「お頭、逃げていた村の奴らを見つけましたぜ」

女を手籠めにしていた鬼雅が振り向き、隻眼を鋭くする。

女を突き放して立ち上がると、着物を引っ掛けて表の部屋に出た。

酒を飲んでいた幾地も出ていった。

鈴蔵は音もなく移動し、表の天井裏へ潜む。

すぐに、鬼雅の声がした。

「どこにいやがる」

「ここから少しばかり南にくだった山の寺に入っていくのを、見廻りの者が見つけました。こっそり探りを入れましたところ、確かに、人影があったそうです」

「人数は」

「はっきりした数は分かりません」

「なんだと」

「見つかりそうになったので戻ったようで、申しわけありません」

「まあいい。百姓が何人いようがわしらには敵《かな》わぬ」

鬼雅の声に、幾地が続いた。

「奴らは見つかったとは思っていないはずですから、襲うのは今かと」

「わしが出張るほどでもなかろう。如月剣涼《きさらぎけんりょう》に行かせろ」

「あの剣客に？　お頭、奴は皆殺しにしやすぜ」

「それでいい。この村は、三日後に捨てる」

「こんないい村をですか」

「良すぎるから捨てるのだ。このような場所を、領主が放ってはおくまい。しめて千五百石もの米が手に入ったのだ。安く闇に流しても千両にはなる。欲は命取りだぞ、幾地」

「千両なら、文句はねぇですぜ」

「買い手が来るのが三日後だ。それまでは、なんとしても村を支配し、一人も外へ出すな」

「分かりやした。まずは、逃げた奴らを殺しちまいましょう」

幾地がくつくつと笑い、大声で如月を呼んだ。

潜んでいた鈴蔵は、見つかる前にその場を離れた。

そして、社に走る。

先ほど手下が言っていた南の山にある寺というのは、寺ではなく、信平たちが陣としている社ではないか。

探索をしていた信平とお初が見つかったのだと思った鈴蔵は、急いで戻った。

鬼雅から村人の始末を命じられた如月剣涼は、朱塗りの鞘に納めた和泉守正親《いずみのかみまさちか》の大刀を腰に差し、小豆色の着物に黒の帯、朱塗りの笠を着けている。

「村の者を二人ほど連れて行く」

痩せ細った顔には似合わぬ野太い声で言い、庭に下りた。

杭《くい》に荒縄で繋がれている村の男たちが、怯えた顔をそらす。

若い男の前に立った如月は、鯉口を切るなり、抜く手も見せずに刀を振るった。

男を繋いでいた荒縄が切れた。一人ではなく、一度に二人の縄が切れ、目を見張った村の男が、腰を抜かす。

「立て、村の者に会わせてやる」

如月は納刀して言い、村の男二人と手下を五人連れて、山へ向かった。

月明かりの下を歩んだ如月たちは、参道の下で立ち止まった。

「この上か」

如月の問いに、手下がはいと答える。

あたりを見回した如月は、参道というにはあまりに粗末な坂道を見上げる。

そこは、信平が陣にしている玉垣神社の麓にある田畑を挟んだ向かいの山だ。

如月は、壮年の村の男に顔を向けた。

「この上に寺があるのか」

「ご、ございます。ですが、人も寄り付かない荒れ寺でございます」

村の者が如願寺《によがんじ》と呼ぶ古寺があるのだが、寺に僧侶はおらず、長らく衰えたままにされているという。

如月が、蛇《へび》のような黒目を上に向けた。

「隠れ家にするには、よさそうだ」

そう言うと、参道を上がった。

しばらくして、朽《く》ち果て、屋根が落ちた山門が見えてきた。土塀は雨風に浸食され、境内から伸びたすすきが、冬枯れして垂れ下がっている。

もはや、山門も塀も、役割を果たしていない。

如月は、山門の柱のあいだを堂々と入り、枯れた草に覆われた境内を進んだ。

人のいないはずの荒れ寺の本堂から、頼りなげな明かりが漏れている。

確かに、人がいる。

如月は本堂へ歩んで石段を上がり、穴が空いた板戸を蹴破った。

三十畳はあろう広さの板の間の奥に、須弥壇《しゅみだん》に向かって座る者がいた。

法衣《ほうえ》を纏った者は、僧侶か。

小柄な僧侶は、戸を蹴破られても微動だにせず、仏像に向かって念仏を唱えている。

旅のせいか肌が浅黒く、痩せこけた頬は、精悍《せいかん》な面立ちを一層引き立てていて、歳の頃は三十代に見えるが、落ち着きようは、より年嵩《としかさ》に思わせる。

如月は抜刀して歩み寄り、僧侶の喉元に刀を突きつけた。

ゆるりと目を開けた僧侶は、蠟燭《ろうそく》の明かりに瞳を光らせる。

「あいさつにしては、ずいぶん無礼でござるな」

如月が片笑む。

「返答によっては、その首が飛ぶ。ここに村の者がおろう」

「はて、拙僧一人でござるが」

如月が笑みを消して刃を当てた。

僧侶の首が浅く切られ、血が滴《したた》る。

しかし、僧侶は眉ひとつ動かさない。

「どうやら、死を恐れておらぬようじゃ」

「この身体は、俗世を生きるため御仏《みほとけ》から与えられたもの。身体が朽ち果てれば、御仏の下へ帰るのみ」

「ふん、くそ坊主め」

如月は刀を離し、

「では、これではどうだ」

手下に顔を向け、

「一人斬れ」

情けのかけらもない声で命じる。

応じた手下が抜刀した。

「お助けを。命ばかりはお助けを！」

村人が命乞いをしたので、僧侶が顔を向ける。

如月が言う。

「坊主、ここに村の者が上がったのは分かっているのだ。言わねばこ奴を殺し、寺を焼き払うぞ」

「おらぬ者はおらぬ！」

僧侶は、大喝《だいかつ》をもって応じた。

誰もが一瞬言葉を失うほどの大音声に、如月が怯む。

と、その隙を突いた僧侶が、武芸の足技をもって如月の足を払った。

「うお」

転倒した如月を横目に、僧侶が走る。

村人を斬ろうとしていた手下が慌て、刀を僧侶に向けて打ち下ろす。

懐に飛び込み、手下の手首を受け止めた僧侶が、相手の胸を手の平で突き飛ばす。

村人を助けようとした僧侶の背後で、別の手下が刀を振り上げる。

「危ない！」

悲鳴をあげる村人の目の前で、手下が僧侶を斬ろうと気合をかけた、その刹那、暗闇から放たれた手裏剣が手下の喉に突き刺さった。

呻き声を吐いて倒れる手下を見た如月が立ち上がり、鋭い目を外に向ける。

闇から浮き出るように現れたのは、黒い狩衣姿の信平だった。

信平の剣気に、如月が薄い笑みで応じる。

「貴様、何者だ」

信平は答えず身軽に飛び上がり、本堂に入った。

一歩退いた如月が、刀を正眼に構えて言う。

「おぬし、少しはできるようだな。冥土《めいど》に送る前に、名を聞いておこう」

「鷹司松平、信平」

信平は名乗ると、狐丸の鯉口を切る。

「罪なき領民を苦しめる者は、決して許さぬ」

「なるほど。貴様が領主か」

如月が、手下に目配せをした。

応じた手下が、僧侶と人質に刀を向ける。

「のこのこ現れるとは間抜けよな。罪なき領民と、くそ坊主の首が飛ぶのを見ておれ」

如月が言い、手下が村人に刀を振り上げたのだが、

「ひっ」

恐怖に目を見張り、後ずさりした。

村人の背後にある屏風《びょうぶ》の上に、佐吉の厳《いか》めしい顔が覗いていたのだ。

佐吉が屏風を打ち払って迫る。

振り向いた別の手下が大男の佐吉を見上げて、目を見開く。

佐吉はその者の肩を鷲づかみして、

「おりゃ!」

軽々と投げ飛ばした。

戸板を突き破り、地面に頭から落ちた手下が、白目をむいて気絶した。

鈴蔵とお初が音もなく忍び込み、佐吉に気を取られている手下を背後から打ちのめし、村の男たちを助けた。

如月は、それらに目を向ける余裕はなくなっている。

恨みを込めた目で信平を睨みつつ刀を鞘に納め、抜刀術の構えをする。

「貴様らなど、わし一人で十分だ」

言うなり猛然と前に出て、刀を一閃《いっせん》した。

太刀筋は鋭い。

如月は己の技に自信を持ち、必殺の一撃で信平の胴を斬ったつもりでいた。だが、手ごたえが違う。

恐るべき剣を遣った紫女井左京にくらべれば、か弱い百姓たちばかりを襲ってきた剣など、ずいぶん劣る。

必殺のはずの一撃は、狐丸で軽々と受け止められている。

如月の眼前にある信平の表情は涼しく、目は、恐ろしく冷静だ。

「うっ」

如月は、恐怖に顔を引きつらせ、信平から逃げようと飛びすさった。

だが、ぴたりと張り付くように、信平が追う。

「おのれ！」

如月が刀を突き出し、信平が身体を横に転じてひらりとかわす。

それを隙と見た如月が、大上段に振り上げて斬りかかった。

信平は姿勢を低くして前に飛び、狐丸で如月の膝の筋を断ち切った。

「うあああ！」

左足の脚力を失った如月が倒れ、膝を押さえて悲鳴をあげ、のたうつ。

あまりの激痛に耐えかねた如月は、脇差を抜き、喉を突いて自らの命を断った。

本堂には入らず、境内に潜んで見届けていた手下が、如月が倒されたことにおののき、走り去った。

なみを連れた善衛門と頼母が寺にのぼって来たのは、程なくのことだ。

静かな境内に入り、

「殿、ご無事か」

善衛門が叫びながら本堂に行くと、信平は、お初が傷の手当てをしている僧侶のそばにいた。

追って入った頼母が、倒されている賊たちを見て、信平に忠告する。

「すぐここを離れてください。賊がまた攻めてきます」

「ふむ」

応じる信平は、僧侶に山を下りるよう促す。

だが、僧侶は応じない。

「拙僧はここに残り、骸を弔《とむら》いましょう」

意志の強そうな僧侶は、長旅をしているのか、法衣のあちこちがほつれている。

僧侶は信平に恵観《えかん》と名乗り、日本中をめぐる修行の旅を終えて、半月前からこの荒れ寺に籠もっていたという。

うなずいた信平が、人の気配のある本堂の奥を一瞥し、視線を恵観に戻す。

「ならば、賊を近づけまい」

そう言って、本堂を去ろうとした時、奥から人が出てきた。

「なみ！」

名を呼ばれて振り向いたなみが、驚きの声をあげた。

「おとっつぁん！」

「なみ、無事だったか」

「おとっつぁんこそ」

「良かった」

娘を抱いて安堵した父親が、信平に頭を下げた。

「この村の百姓をしている哲郎《てつろう》でございます。娘をお助けいただいて、ありがとうございます」

「礼なら、この者に」

信平が頼母を見て言うと、哲郎が頼母の前に行き、頭を下げた。

頼母は、照れたような顔を一瞬見せたが、すぐ真顔になり、

「旗本として、当然のことをしたまでじゃ」

と言って胸を張る。

哲郎に信平が訊く。

「奥におる者は、賊どもと戦う機会をうかがう者たちか」

哲郎がうなずき、

「みんな」

奥に声をかけると、十五人の男たちが出てきた。

その中には、朱槍を持った宮本厳治がいる。

厳治は、頼母に軽く頭を下げたものの、信平には鋭い目を向けた。

「あんたが新しい領主か」

「ふむ」

信平はいつもと変わらぬ様子で返事をしたが、善衛門は口をむにむにとやる。領主に対する口の利き方を咎めようとした時、恵観が口を開いた。

「厳治、領主様にその口の利き方はなんじゃ」

厳治は退かない。

「和尚は黙っていてくれ」

「厳治、いかんぞ」

恵観が正そうとしたのを、信平が手で制した。そして、不機嫌そうに背を向けた厳治に声をかける。

「賊は仲間を捜しに来る。その前にここを離れよ」

「断る。おれたちの手で奴らを倒し、女房や村の者たちを取り戻す」

「人質を取られていては、何もできまい」

信平が言うと、厳治が怒気を浮かべた。

「あんたこそ、容赦なく名主の屋敷に攻め込む気だろう」

「万事、麿にまかせてくれ。人質は必ず助ける」

「どうやって」

信平は、和尚に顔を向ける。

「恵観和尚、寺を使わせてもらう」

「よろしゅうございますが、いかがなされます」

「ここで、敵を迎え撃つ」

恵観は即座に信平の意図が分かったとみえて、なるほど、という顔をした。

「そろそろ、手下が逃げ帰っている頃じゃ」

信平の言葉に、善衛門が驚いた。

「なんですと」

「一人、逃げた者がいる」

「まさか殿、知っていて逃がしたのですか」

信平はうなずいた。

「鬼雅は、三日後に米を売りさばくまでは、村にとどまる。そのあいだは、大事な人質を殺すまい。磨たちが少人数と知れば、ただちに潰しに来るはずじゃ」

「手薄となったところを忍びの者に襲わせ、村の者たちを逃がすのですな」

恵観の推測に、信平はうなずく。

これより少し前、鈴蔵とお初は、信平の命で寺を出ていた。名主の屋敷に忍び込み、敵が動くのを待つためである。

「恵観和尚も、村の者たちと隣村へ。なみ、夜道を案内できるか」

信平が訊くと、なみは父親と顔を見合わせ、はいと返事をした。

「おれはどこにも行かねえぞ」

一人の男が、仲間を割って前に出た。幼い佐吉の父梅吉だ。

梅吉が信平に訴える。

「殿様、おれは女房と子供を殺されました。この手で仇を取らせてください」

頼母が驚き、青い顔をして訊く。

「佐吉が、死んだのか」

頼母に目を向けた梅吉が、憎しみと悲しみに満ちた顔で涙をこぼす。

「こいつが家の庭に」

梅吉が、血染めの布きれを二枚出して見せた。

ひとつは幼い佐吉が着ていた着物で、もうひとつは、母親のものだ。

憎しみを忘れぬために、割《さ》いて持っているという。

梅吉が頼母に言う。

「家は焼かれちまった。息子と女房は、素っ裸にされて火の中に投げ込まれたにちげぇねぇんだ」

「どうしてだ。女子供は人質になっているというのに、あんな幼い子が何ゆえ殺されたのだ」

「おれも詳しいことは分からねえよ。でも、息子が可愛がっていた鶏が一羽もいなくなっていたから、賊どもが取ったのを佐吉の奴が見て、飛びかかったに違いねえ。あいつはおれに似て、気性が荒いからよう」

梅吉が泣き崩れた。

「お前は何をしていたのだ！」

頼母が初めて感情をあらわにした。

梅吉は、悔しさに歯を食いしばって下を向き、答えられない。

そんな梅吉に代わって、厳治が教えた。

「賊が来た時、山で猟をしていたのだ。騒ぎを知って戻った時には、家は焼け落ちていた」

頼母は、なみを連れて逃げる途中に見た光景を思い出し、

「あの炎の中にいたのか」

と言って、辛そうに目を閉じる。

「惨いことをする」

「許せぬ」

善衛門と佐吉が、悔しげに言った。

信平は、表情は冷静であったが、瞳の奥には、怒りに満ちた光を宿している。

「殿様、おねげぇします。おれも戦わせてください」

頭を下げる梅吉に続き、厳治たちも加勢を願い出た。

だが、信平は許さなかった。

「もう、一人も死なせとうない」

それが、信平の決意である。

厳治が拳をにぎり締め、悔しげな顔で朱槍の石突《いしづき》を床に打ち付けた。

「あんたたちの剣の腕は認めるが、それだけの人数で勝てるわけはない。相手は大人数だ。このぼろ寺では、線香が燃え尽きるあいだも耐えられないぞ。そんなことでは、お仲間が人質を助け出せたにしても、すぐ見つかってしまう。人なら他にもいる。その者たちと共に手伝わせてくれ」

「まだ潜んでいる村人がいるのか」

信平が訊くと、厳治が不敵な笑みを浮かべた。

「切り札は、隠しておけと言うだろう」

「あい分かった」

信平は、厳治の申し出を受けた。

「ただし、無理は許さぬ。戦うのは、武器を持っている者だけだ」

「おう」

厳治がふたたび朱槍の石突を床に打ち鳴らし、気合に満ちた顔になった。

五

寺で賊を迎え撃ち、そのあいだにお初と鈴蔵が人質を逃がすという信平の策は、鬼雅には通用しなかった。

関八州の村々を荒らし回りながらも、狡猾な手段をもって役人の手を逃れてきた鬼雅だ。

手下から、領主信平が家来と共に現れ、如月剣涼を倒したと聞いても、顔色ひとつ変えぬ。

むしろ、

「おもしろいことになってきやがった」

と、目を輝かせ、ただちに策を練るのである。

手下から、人数は僅か四人だったと聞いて、

「この鬼雅を舐めやがって。なぶり殺しにしてくれる」

言うなり表に出て、幾地を呼んだ。

戻った手下から、信平はあとから寺に現れたと聞いていた鬼雅が、幾地の耳元でさ

さやく。

「ええ！」

驚く幾地に、

「早くしねぇか」

鬼雅は凄みを利かせた。

応じた幾地が、手下に何やら命じる。

静かに動きはじめた手下たちが、板木と釘《くぎ》と金槌《かなづち》を持ち、一斉に屋根に上がった。

「やれ！」

幾地の合図で、手下たちは屋根に板を打ちつけて、隙間という隙間をすべて塞いでしまった。

中に潜んでいた鈴蔵とお初は、閉じ込められたのだ。

「しまった」

鈴蔵が言った時、天井板の隙間から煙が上がりはじめた。

下では、手下たちが集めた籾殻や杉の葉に火がつけられ、煙がもくもくと立てられている。

「家ごと焼き殺しやすか」

幾地が言ったが、鬼雅は燻《いぶ》し出すだけにとどめさせた。囲炉裏で焚かれる籾殻と湿らせた杉の葉から出る煙は、屋根の煙路を塞がれているため、屋根裏に広がっていく。

鬼雅が、勝ち誇った笑みを天井に向けた。

「虫を燻し出すには、これが一番だ」

煙が充満する屋根裏では、鈴蔵とお初が布で口と鼻を押さえ、咳き込まぬように耐えていた。

しかし、煙は増えてくる。

「少しのあいだ耐えてください」

鈴蔵は笑顔でお初に言い、天井板を踏み破って下りた。

「ほんとうに出てきやがったぞ!」

下にいた賊たちが驚いて叫び、一斉に抜刀して取り囲む。

「逃げも隠れもせぬ」

鈴蔵は言うと小太刀を抜いた。

二、三度振り回し賊どもを遠ざけて刀を放り投げると、あぐらをかいて座った。

幾地が斬ろうとしたが、鬼雅が止める。

「こいつは領主の家来に違いない。まだ使い道はある。縛りつけておけ」

命じると、穴が開いた屋根裏を見上げた。

「まだ隠れちゃいないか調べろ」

手下が梯子を掛け、三人ほど上がった。

この時お初は、囚《とら》われている村の女たちがいる部屋に下りていた。

女たちは驚いたが、お初が味方だと分かると、布団を掛けて隠してくれた。

天井板を外して上から覗いた手下が、裸の女たちを見てにやつき、板を戻した。お初が隠されているとは、気付かなかったようだ。

安堵の息を吐く女たちに、

「もう少しの辛抱だから」

お初は、必ず助けが来ると励ました。

「他にはいません」

下りた手下がそう告げると、鬼雅は鈴蔵を一瞥し、幾地に命じる。

「こいつを村の者たちと繋いでおけ。名主親子を連れて来い」

連れて行かれる鈴蔵と入れ替わりに、清兵衛と息子が来た。

鬼雅は、清兵衛から息子を離し、抜刀して突きつけた。

十歳の仙治郎《せんじろう》が、恐怖に顔を引きつらせる。

「な、何をする。やめてくれ」

懇願する清兵衛に、鬼雅が隻眼をぎらりと向ける。

「可愛い手下を領主が殺しやがった。なかなかの遣い手のようだが、何者だ」

「わ、わたしもお会いしたことはなく」

「誰かと聞いておるのだ」

「鷹司松平様です。お公家のご出身でございます」

「公家だと」

鬼雅が、苦々しげな顔をする。

「如月め、公家ごときにやられるとは、油断しやがったな」

清兵衛は、怒る鬼雅にごくりと喉を鳴らした。

「名主」

「は、はい」

「その鷹司松平とやらを、お前が捕らえて来い」

清兵衛は目を見開いた。

「な、何を言われます。無理です」

「できぬなら、息子の首を刎ねる」

鬼雅が刃を首に近付けたので、仙治郎が悲鳴をあげた。

「お待ちを、お待ちを」

清兵衛が必死に止める。

「役人を連れて行き、捕らえて来い！」

鬼雅の脅しに、清兵衛は屈した。

「わ、分かりました。おっしゃるとおりにいたしますので、お刀をお納めください」

刀を鞘に納めた鬼雅は、手下に命じて仙治郎を村の者たちのところに連れて行かせ、清兵衛を庭に蹴り落とした。

「とっとと行きやがれ！」

「はい、すぐにまいります」

這うように逃げた清兵衛は、繋がれていた二人の役人の縄を解き、

「息子のためだ。頼む」

両手を合わせて拝み倒した。

渋る役人を、幾地が睨む。

断れば斬られると思った役人が、辛そうな顔で応じ、清兵衛に従って寺へ向かっ

た。

六

麓を見張っていた村の者が、本堂に駆け込んできた。

「来たか」

「何人だ」

善衛門と佐吉が訊くと、村の者が浮かぬ顔をした。

「それが、賊じゃねぇのです。名主様が来られて、領主様に話があるとおっしゃっています」

板戸の隙間から外を見た佐吉。

山門から入った名主たちが、ちょうちんを持って境内に立っている。

「殿、名主に間違いございません」

信平は佐吉にうなずいた。

「会おう」

佐吉が戸を開け、

「入れ！」

大声をあげると、名主たちが本堂に入り、黒い狩衣を纏う信平に立ったまま頭を下げた。

「名主の清兵衛です。この者たちは、村の役人でございます」

「村役の長次郎《ちょうじろう》でございます」

「同じく、貞三《ていぞう》と申します」

役人の身なりをしている二人は、寄棒《よりぼう》を持つ手に力を込めた。

これを見逃さぬ信平が、清兵衛に顔を向ける。

「鷹司松平信平じゃ」

清兵衛が、初めて見る信平の神々《こうごう》しさに、ごくりと喉を鳴らした。

「御領主様。あ、あの」

そこまで言って、額に汗を浮かべる清兵衛が辛そうに目を閉じた。

信平が察して、先回りをする。

「麿を捕らえて来いとでも言われたか」

どうしてそれを、という顔で、清兵衛が目を見開いた。

「身内を殺すと脅されたか」

信平の問いに、清兵衛が青い顔をしている。

「名主様、そうなのですか」

厳治に詰め寄られて、清兵衛は膝をつき、両手をついて平身低頭した。

「息子を殺すと……」

そこまで言い、呻き声を吐く清兵衛。

二人の役人は、悔しそうな顔をうつむけている。

「よかろう。麿を捕らえよ」

善衛門が驚いた。

「殿、何を言われる」

「行けば殺されますぞ」

佐吉も驚いて言ったが、信平は涼しげな顔をして言う。

「己の命可愛さに、清兵衛の子の命を見捨てることはできぬ」

信平は、佐吉に狐丸を渡した。

受け取った佐吉と善衛門が絶句し、頼母は、相変わらずの真顔で信平を見ていた。

信平は、清兵衛に言う。

「遠慮せず捕らえよ」

「も、申しわけございませぬ！」

清兵衛は必死の形相で言い、頭を下げた。

長次郎と貞三が信平に縄をかけようとしたので、佐吉が吼《ほ》えて、突き飛ばす。

「やめよ、佐吉」

「しかし……」

「よい」

信平が下がらせようとすると、

「誰にもさせませぬ。この佐吉が縄を――」

佐吉が声を詰まらせて役人から縄を奪い、信平の手を縛った。

「ゆるうては疑われる。きつく締めるのじゃ」

佐吉は信平に言われるとおりに力を込め、自由を奪った。

そして、頼母に狐丸と自分の大太刀を渡し、大きな手を役人に差し出す。

「殿の行くところならば地獄へでも供をいたす。わしも捕らえよ」

顔を見合わせて戸惑う役人に、佐吉が怒鳴る。

「早うせい！」

「ひっ」

びくりとした長次郎が、佐吉に縄をかけた。

善衛門が貞三の前に立ち、

「く、うう」

恐ろしい形相で歯を食いしばりながら左門字《さもんじ》に手をかけたので、貞三は寄棒を構えた。

「善衛門、やめぬか」

信平に言われて、善衛門が鯉口を切っていた左門字を鞘に納め、鞘ごと抜いて床に置いた。

驚いた頼母が、

「葉山殿、あなた様の御家にお咎めが及びますぞ」

信平の家来ではないだろうと忠告した。

怨《うら》めしげな目で頼母を睨んだ善衛門であるが、何も言わず、貞三に両手を差し出す。

「わしも、殿のお供をする。早う縛れ」

貞三が応じ、善衛門に縄をかけた。

清兵衛が頼母を見たので、信平が言う。

「あの者は麿の家来ではない。見逃してくれ。このとおりだ」

信平が頭を下げたので、清兵衛が驚いた。

「分かりました。では、まいりましょう」

促された信平は、頼母に顔を向ける。

頼母が何か言おうとしたが、信平は首を横に振って制した。

だが、頼母は聞かず、清兵衛の前に立ちはだかる。

「清兵衛、貴様《きさま》何をしているか分かっているのか。信平様は将軍家縁者であるぞ。加えて、紀州様とは義理の親子だ。その信平様が賊に殺されるようなことがあれば、紀州様が黙っていない。ただちに将軍家に賊の討伐《とうばつ》を申し出られ、大軍を率いて来られる。そうなれば戦だ。人質は乱に巻き込まれ、皆殺しにされると思え」

絶句した清兵衛が、がたがたと震えはじめた。

信平が言う。

「頼母、よさぬか。そのようなことにはならぬ」

「しかし、紀州様は決して黙っておられますまい」

「そうはならぬ。よいな」

領民を脅すなという信平の訴える目顔に気付いた頼母が、はっとして口を閉ざした。

「清兵衛、まいるぞ」

信平は自ら先に立ち、本堂から出た。

見ていることしかできなかった頼母が、拳をにぎり締め、感情をあらわにした。

「民のために死ぬ領主など、あり得ぬ」

「まったくじゃ」

恵観和尚が横に並び、静かに言う。

「わしは日本中を旅してきたが、あのようなお方と初めて出会《でお》うた。このまま賊に斬られてしまうのは、あまりに惜しい」

頼母に顔を向ける恵観和尚に、頼母がうなずく。そして、厳治に頭を下げた。

「信平様を死なせてはならぬ。手を貸してくれ」

「しかし、相手は狡猾だ。人質のことを思うと、迂闊には動けぬ」

「くっ」

良い考えが浮かばぬ頼母が、悔しげな顔をした。

恵観がその横を通って須弥壇の奥へ行き、ほら貝を持って出てきた。

「これは、寺に残されていた物じゃ」

そう言って差し出されたほら貝は、両手で持たなければならないほどの大きさがある。

頼母が睨む。

「和尚、こんな物がなんの役に立つ」

「まあ、すぐに分かる。その前に巌治、おぬし切り札は取っておくものだと言うたが、使うのは今ではないかの」

「ああ、そのようだな」

巌治は、哲郎に目顔を向けてうなずいた。

応じた哲郎が寺の外に出て山をくだり、およそ半刻後に戻った。

「連れて来たぞ」

哲郎が言うのに応じた巌治が、恵観に外を見るよう促す。

哲郎の背後に広がる暗闇から足音がして、一人、二人と人が現れ、それはやがて、本堂の前を埋め尽くした。

若者から年寄りまで、ざっと百人はいる。

「賊の手を逃れた者たちだ。次はどうする」

巌治に言われて、恵観が笑みを浮かべた。

「わしに良い知恵がある」

七

清兵衛に捕らえられた信平は、名主の屋敷へ連れて行かれた。

村の者たちが繋がれている庭に信平が入ると、落胆《らくたん》する声が聞こえてきた。

二人の村人が露骨にため息をつき、恨み言を並べる。

「爺様が言うていたとおりだ。蹴鞠と歌ばかりしている領主様じゃ、盗賊に付け込まれてこのざまよ」

「まったくだ。将軍様の領地だったら、こんな目に遭っちゃいなかっただろうな」

「わしらは、どうなるのかの」

佐吉がその二人を睨み、悔しげに唇を嚙みしめた。

善衛門は、口をむにむにとやる。

「二人とも堪えてくれ」

そう言った信平は、盗賊の手下に背中を押され、地べたに座らされた。

篝火の薪《たきぎ》が弾けて、信平の前に火の粉が飛ぶ。

蠟燭が明々と灯《とも》された座敷へ、手下を連れた隻眼の鬼雅が現れたのは、程なくのことだ。

信平に鋭い目を向けた鬼雅が床几に座ると、廊下に歩み出た幾地が言う。

「よくやった清兵衛。下がって休め」

「上がって来い。酒を遣わす」

鬼雅が上機嫌で言うので清兵衛は驚き、まるで小者のようにぺこりと頭を下げて、信平を見た。

ここに来るまでのあいだ、清兵衛は信平に泣きながら詫びている。

村と屋敷を奪われ、坂東武者の子孫としての誇りも自信も打ち砕かれた清兵衛は、さぞ悔しかろう。

子の命を助けたいと思う気持ちは、福千代の父である信平には痛いほど分かる。

申しわけない、と言いたそうな目顔を向ける清兵衛に、信平はうなずいた。

「清兵衛、何をしている。早く酌を受けろ」

鬼雅に言われて、清兵衛は廊下に上がった。

薄笑いを浮かべた幾地が、鬼雅から預かった盃を清兵衛に渡し、銚子の酒を注ぐ。

「ありがたく飲め」

幾地はそう言うと、庭に下りて信平の前にしゃがみ、鋭い目を向ける。

「領民の命のために大人しく捕まるとは、よほどのお人よしだな。いや、お人よしなんかじゃねぇか。大人しく捕まるふりをして屋敷に入り込み、潜ませていた忍びと共に我らの首を取ろうって寸法だったな」

幾地が信平の頰を手の甲で軽くたたき、鼻で笑う。

「そうだよな、お公家さんよ」

信平が黙って見据えると、幾地が楽しそうに笑った。

「残念だったな、お前の策は失敗だ。屋敷に忍んでいた鼠《ねずみ》は、お頭が捕まえたぜ」

「おい、嘘を申すでない！」

善衛門が大声をあげたので、幾地が顔を向ける。

「後ろを見てみろ」

座らされている善衛門の後ろに繫がれた村人たちの中から、猿ぐつわをされた鈴蔵が連れ出され、善衛門の横に座らされた。

目を見張った善衛門が、お初はどうなったか訊こうとして、口を閉ざした。

鈴蔵が、小さく顎を引いたのだ。

「なんたることじゃ」

善衛門はさも落胆したように言って、仏頂面《ぶっちょうづら》を前に向ける。

愉快そうに笑ったのは、床几に座っている鬼雅だ。

信平が目を向けると、鬼雅は真顔になり、身を乗り出して言う。

「男にしておくには惜しい顔立ちだが、気にくわぬ目をしていやがる。幾地」

「はは」

「こいつの首を刎ねて門前に曝せ」

命じられた幾地が、目の前にいる信平に笑みを見せた。

「だとよ。残念だったな」

やおら立ち上がった幾地を見て、清兵衛が鬼雅に頭を下げた。

「このお方を斬れば大変なことになりますぞ」

じろりと睨む鬼雅に、清兵衛は頼母の言葉をそのまま伝えた。

信平が将軍家の縁者で、紀州藩が大軍をもって攻めて来ると聞いて、鬼雅は険しい顔をしたものの、

「それがどうした」

と、すぐに余裕の笑みを浮かべた。

「紀州が出張っても、この鬼雅様を捕らえることはできぬ。こ奴の首を取り、鬼雅の

名を世に知らしめてやるわ。幾地、やれ」

幾地が応じて、刀の鯉口を切った。

ほら貝を吹く音が夜空に響いたのは、その時だ。

戦場さながらの不気味なほら貝の音に続き、

「おおっ！」

威勢のいい鬨《とき》の声が轟く。

「何ごとだ！」

刀を納めた幾地が叫ぶと同時に、門を見張っていた手下が駆け込んできた。

「た、大変です。大勢の敵が攻めてきます」

「何！」

幾地が鬼雅を見た。

険しい顔をした鬼雅が庭に飛び下り、幾地を従えて門へ行く。

暗闇の中に無数の松明《たいまつ》が煌《きら》めき、旗指物《はたさしもの》を付けた者が蠢《うごめ》いている。

ふたたびほら貝が鳴り響き、鬨の声がした。

「ま、まさか、紀州の軍勢では」

幾地が怯えたが、鬼雅は顔を引きつらせながらも、

「馬鹿な。江戸界隈《かいわい》には手の者を潜ませているのだ。討伐隊が動けば知らせが来る」

そう言って、はっと気付いた。

松明の明かりに、武装した兵ではなく、無地の旗を背負って走る百姓男の姿が浮いたのだ。

「うははははは。見ろ、奴らは紀州の軍勢などではない。村の者だ」

「なんと」

驚く幾地に、鬼雅が勝ち誇ったように言う。

「鍬と鎌を持った百姓など恐れるな。領主の首を、奴らの前に曝してやれ」

鬼雅が言った、その刹那、鉄砲の轟音《ごうおん》が響き、門前に立っていた鬼雅の袖を掠《かす》めた弾が柱にめり込んだ。

「紀州の軍勢だ！」

悲鳴をあげた手下が、鬼雅を裏切って逃げた。

数名が続いて逃げようとした時、闇の中で鉄砲の閃光《せんこう》が二度瞬《またた》き、音が轟く。

弾が手下二人に命中し、立て続けに倒れた。

隻眼を真ん丸に見開いた鬼雅が門の中に駆け込み、

「門を閉めて守りを固めろ！」

焦った声で手下どもに命じる。

「幾地、領主を表に出して首を刎ねろ。逆らうと人質を皆殺しにすると奴らに言え」

「はは」

幾地が信平のところへ走り、

「立て！」

怒鳴って腕をつかもうとしたその時、己の手が落ちた。

信平が左手から隠し刀を出して縄を切り、幾地の右手首を切断したのだ。

「ぐああ！」

悲鳴をあげる幾地の喉笛《のどぶえ》を斬った信平は、倒れるのには目もくれず腰の刀を奪い、斬りかかろうとしていた手下に投げた。

胸を貫かれた手下が、大の字に倒れる。

「やあ！」

後ろから斬りかかって来た手下の刀をかわしざまに腹を斬って倒した信平は、善衛門と佐吉の縄を切り、鈴蔵の縛《いまし》めを解いた。

信平の素早さと凄まじい強さに、手下どもが怯む。

「鈴蔵、門を開けて村の者を逃がせ」

「承知」

信平の命を受けた鈴蔵が門に走り、佐吉と善衛門が村の衆を解き放ちにかかった。

「何をしている。斬れ！」

鬼雅の声で我に返った手下どもが、気合をかけて斬りかかった。

信平は一撃をひらりとかわし、一人二人と斬る。

舌打ちした鬼雅が、手下に命じる。

「女だ。女どもを連れて来い」

応じた手下が座敷に駆け上がり、女たちを閉じ込めている部屋を開けたその時、背中から刃が突き出た。

呻き声も吐かず倒れた手下の奥から、お初が出てくる。

お初は信平に力強くうなずき、女たちを守った。

鈴蔵が門を開けると、頼母が駆け込み、村の者たちがなだれ込んだ。

巌治が自慢の朱槍を頭上で振るい、

「おりゃあ！」

手下の腹を貫くや、押しに押し、二人串刺しにした。

その怪力ぶりは、佐吉を瞠目させるほどだ。

頼母が信平に狐丸を渡し、村の者たちが佐吉と善衛門に刀を渡した。

狐丸を受け取った信平が抜刀し、敵中で乱舞する。

その凄まじい姿を見ていた村の者が、

「蹴鞠と歌しかできねえって言ったのは、誰だあ」

「とんでもねえ強さだ」

「おれたちもやってやらあ」

などと言い、佐吉に殴られ、目の前に倒れてきた手下の頭を踏んづけ、袋だたきにした。

形勢が一気に不利になったのを見た鬼雅が、物陰に隠れ、裏に回った。

警固の二人が続いたが、

「お前らは門までの道を空けろ」

命じて、馬に飛び乗る。

応じた警固の者が、佐吉と善衛門に襲いかかったが、敵うはずもなく倒された。

愛馬に跨がった鬼雅が、佐吉を蹴散らして門へ走る。

「鈴蔵！　逃げたぞ！」

佐吉が、門のそばにいた鈴蔵に叫んだ時、哲郎が鉄砲を構えた。

筒先を滑らせるようにして鬼雅に狙いを定め、引金を引く。

猟で鍛えた腕に狂いはなく、弾は鬼雅の足に命中した。

「うお」

落馬した鬼雅であるが、身軽に立ち上がって抜刀した。

信平が歩み寄り、狐丸を突きつける。

「もはや逃げられぬ。観念せよ」

「黙れ。黙れ！」

歯をむき出した鬼雅が、信平に襲いかかった。

袈裟懸けに打ち下ろされた刀を前に出てかわした信平が、すれ違いざまに背中を斬った。

振り向いた鬼雅が、

「うっ」

と、短い呻き声を吐いて目を見開き、仰向けに倒れた。

頼母の横にいた梅吉が、頼母の脇差を奪って走る。

「女房と倅の仇！」

脇差を振り上げ、すでに息絶えている鬼雅に飛びかかろうとした時、

た。

我が子佐吉の声に気付いて梅吉が振り向くと、夜着で身体を隠した女房と子供がい
背後で声がした。

「おっとう！」

「お前たち」

梅吉は、安堵に頬を濡らし、その場にへたり込んだ。

頼母が脇差を取り返して、

「行ってやらぬか」

真顔で言い、梅吉を立たせる。

我が子を抱き締めた梅吉が、思い出したように言った。

「どこを怪我している。おっとうに見せてみろ」

「怪我なんてしていないよ」

「でもお前、血染めの着物が家の前にあったじゃないか」

すると子供の佐吉が泣きだした。

「こ、こっこを食べるって悪い人たちが言って、首を切ったんだ」

可愛がっていた四羽の鶏を奪った鬼雅の手下たちが、佐吉の目の前で殺してしまっ

たという。

　着物の血は、鶏のものだったのだ。

　手下どもは、村人を脅すために梅吉の家に火を付け、焼け落ちた残り火で鶏を焼いて食べたという。

　梅吉は、泣きじゃくる我が子を抱き締めた。

「命があって良かった。鶏は、また買ってやる」

「ほんとう」

「ああ、ほんとうだ」

　梅吉は女房に顔を向けた。

「家は焼けちまったが、酒をやめて明日から真面目に働くからよ。なんとかなるさ」

　女房が頰を濡らして、安堵の笑みを浮かべている。

「良かったな、佐吉」

　頼母が言うと、子供の佐吉が満面の笑みで応じる。

　頼母は親子の前から離れ、信平の前に歩み寄って頭を下げた。

　応じた信平は、門から入ってきた恵観に歩み寄る。

　ほら貝を持っている恵観に、

「和尚、助かりました」

信平は敬意を込めて、頭を下げた。

「いやいや、拙僧は少々知恵を授けたまで。この勝利は、村の衆が力を合わせたからにございます」

恵観が屈託のない顔でそう言うので、信平は微笑んだ。

その信平の前に、清兵衛が土下座した。

「これまでの非礼を、どうか、どうかお許しください」

梅吉が続き、捕らえられていた村の衆が集まって来て、信平に頭を下げた。

清兵衛が言う。

「昨年は豊作でございました。逆らったお詫びのしるしに、村にある米の半分をお納めしますので、どうか、お許しください」

信平が清兵衛の手を取り、顔を上げさせた。

「村の衆に難儀をさせたは、麿の不徳のいたすところじゃ。許せ。年貢は納めずともよい。鬼雅一味に殺された者や、家を焼かれた者たちを救うために使うがよい」

驚く清兵衛に、信平が笑みを浮かべてうなずくと、村の衆から歓声があがった。

朱槍を持って前に出た厳治が、信平に平身低頭した。

「殿様、わしを家来にしてくだされ！」

いきなりのことに信平が驚いていると、頼母が並んで頭を下げた。

「わたしからもお願いいたします。この者は、きっとお役に立ちます」

「頼母が推挙する者なら、間違いはあるまい」

信平はそう言って、改めて名を訊ねた。

「宮本厳治と申します」

厳治の顔を上げさせた信平は承知し、眼差しを転じる。

「頼母」

「はは」

「厳治と共に、麿に仕えてくれぬか」

すると頼母が、背筋を伸ばして、信平の目を見た。

「喜んで、お仕えいたします」

そう言うと、頼母は唇に笑みを浮かべ、自信に満ちた顔をした。

善衛門と佐吉が顔を見合わせて笑みを交わすのを、お初と鈴蔵が遠目に見ている。

「これで、赤坂の屋敷もにぎやかになりますね」

笑顔で言う鈴蔵の横顔を見たお初が、口を開く。

「鈴蔵」

鈴蔵が顔を向けると、お初は目を伏せた。

「助けてくれて、ありがとう」

凛《りん》とした美しい顔にどきりとした鈴蔵が、ふっと、笑みを浮かべる。

「惚《ほ》れないでくださいよ。五味殿が悲しみますから」

むっとしたお初に殴られ、鈴蔵が頭を押さえてしゃがみ込む。

お初はそんな鈴蔵に珍しく優しい笑みを浮かべ、

「行くわよ」

信平たちの所へ駆け寄った。

乱とも言えるべき事件に見舞われた下之郷村であるが、この地は信平にとって重要な場所となり、幕末まで鷹司松平家の領地であり続ける。

また、信平と親しくなった恵観上人《しょうにん》は、下之郷村に腰を据えることとなり、信平がこの世を去ったのちは寺を現在の地（千葉県長生郡睦沢町下之郷《ちょうせいぐんむつざわまち》）に移し、弘行寺《ぐぎょうじ》と改名して菩提《ぼだい》を弔ったと言われている。

本書は『領地の乱　公家武者　松平信平12』（二見時代小説文庫）を大幅に加筆・改題したものです。

|著者|佐々木裕一　1967年広島県生まれ、広島県在住。2010年に時代小説デビュー。「公家武者　信平」シリーズ、「浪人若さま新見左近」シリーズのほか、「若返り同心　如月源十郎」シリーズ、「身代わり若殿」シリーズ、「若旦那隠密」シリーズなど、痛快かつ人情味あふれるエンタテインメント時代小説を次々に発表している時代作家。本作は公家出身の侍・松平信平が主人公の大人気シリーズ、その始まりの物語、第12弾。

領地《りょうち》の乱《らん》　公家武者《くげむしゃ》信平《のぶひら》ことはじめ(十二)

佐々木裕一《ささきゆういち》

© Yuichi Sasaki 2023

2023年３月15日第１刷発行

発行者――鈴木章一
発行所――株式会社　講談社
東京都文京区音羽2-12-21　〒112-8001
電話　出版（03）5395-3510
　　　販売（03）5395-5817
　　　業務（03）5395-3615

Printed in Japan

講談社文庫
定価はカバーに
表示してあります

KODANSHA

デザイン―菊地信義
本文データ制作―講談社デジタル製作
印刷―――株式会社KPSプロダクツ
製本―――株式会社国宝社

落丁本・乱丁本は購入書店名を明記のうえ、小社業務あてにお送りください。送料は小社負担にてお取替えします。なお、この本の内容についてのお問い合わせは講談社文庫あてにお願いいたします。

本書のコピー、スキャン、デジタル化等の無断複製は著作権法上での例外を除き禁じられています。本書を代行業者等の第三者に依頼してスキャンやデジタル化することはたとえ個人や家庭内の利用でも著作権法違反です。

ISBN978-4-06-530870-7

講談社文庫刊行の辞

二十一世紀の到来を目睫に望みながら、われわれはいま、人類史上かつて例を見ない巨大な転換期をむかえようとしている。

世界も、日本も、激動の予兆に対する期待とおののきを内に蔵して、未知の時代に歩み入ろうとしている。このときにあたり、創業の人野間清治の「ナショナル・エデュケイター」への志を現代に甦らせようと意図して、われわれはここに古今の文芸作品はいうまでもなく、ひろく人文・社会・自然の諸科学から東西の名著を網羅する、新しい綜合文庫の発刊を決意した。

激動の転換期はまた断絶の時代である。われわれは戦後二十五年間の出版文化のありかたへの深い反省をこめて、この断絶の時代にあえて人間的な持続を求めようとする。いたずらに浮薄な商業主義のあだ花を追い求めることなく、長期にわたって良書に生命をあたえようとつとめるところにしか、今後の出版文化の真の繁栄はあり得ないと信じるからである。

同時にわれわれはこの綜合文庫の刊行を通じて、人文・社会・自然の諸科学が、結局人間の学にほかならないことを立証しようと願っている。かつて知識とは、「汝自身を知る」ことにつきていた。現代社会の瑣末な情報の氾濫のなかから、力強い知識の源泉を掘り起し、技術文明のただなかに、生きた人間の姿を復活させること。それこそわれわれの切なる希求である。

われわれは権威に盲従せず、俗流に媚びることなく、渾然一体となって日本の「草の根」をかたちづくる若く新しい世代の人々に、心をこめてこの新しい綜合文庫をおくり届けたい。それは知識の泉であるとともに感受性のふるさとであり、もっとも有機的に組織され、社会に開かれた万人のための大学をめざしている。大方の支援と協力を衷心より切望してやまない。

一九七一年七月

野間省一

講談社文庫 最新刊

伊坂幸太郎
PK
〈新装版〉
勇気は、時を超えて、伝染する。読み終えた瞬間、新たな世界が見えてくる〝未来三部作〟。

西尾維新
掟上今日子の旅行記
怪盗からの犯行予告を受け、名探偵・掟上《おきてがみ》今日子《きょうこ》はパリへ！ 大人気シリーズ第8巻。

佐々木裕一
領地の乱
〈公家武者信平《のぶひら》ことはじめ(十三)〉
とんとん拍子に出世した男にも悩みは尽きぬ。広くなった領地に、乱の気配！ 人気シリーズ！

瀬戸内寂聴
すらすら読める源氏物語(下)
「宇治十帖」の読みどころを原文と寂聴名訳で味わえる。下巻は「匂宮《におうのみや》」から「夢浮橋《ゆめのうきはし》」まで。

山口仲美
すらすら読める枕草子
清少納言の鋭い感性と観察眼は、現代のわたしたちになぜ響くのか。好著、待望の文庫化！

輪渡颯介
怨《おん》返《がえ》し
〈古道具屋 皆塵堂〉
恩ある伯父が怨みを買いまくった非情の取り立て人だったら!? 第十弾。〈文庫書下ろし〉

武内 涼
謀聖 尼子経久伝
〈雷雲の章〉
尼子経久、隆盛の時。だが、暗雲は足元から湧き立つ。「国盗り」歴史巨編、堂々の完結。

朝倉宏景
エール
〈夕暮れサウスポー〉
戦力外となったプロ野球選手の夏樹《なつき》は、社会人チームから誘いを受け――。再出発の物語！

講談社文庫 最新刊

横山光輝
山岡荘八・原作
漫画版 徳川家康4
家康と合流した信長は長篠の戦で武田勝頼に勝つ。築山殿と嫡男・信康への対応に迫られる。

横山光輝
山岡荘八・原作
漫画版 徳川家康5
本能寺の変の報《しら》せに家康は伊賀を決死で越えた。小牧・長久手の戦で羽柴秀吉と対峙する。

矢野隆
〈戦《いくさ》百景〉
山崎の戦い
本能寺の変で天下を掌中にしかけた光秀。中国大返しで、それに抗《あらが》う秀吉。天下人が決まる！

阿部和重
アメリカの夜 インディヴィジュアル・プロジェクション
〈阿部和重初期代表作Ⅰ〉
現代日本文学の「特別な存在」の原点。90年代「J文学」を牽引した著者のデビュー作含む二篇。

阿部和重
無情の世界 ニッポニアニッポン
〈阿部和重初期代表作Ⅱ〉
暴力、インターネット、不穏な語り。阿部和重の神髄。野間文芸新人賞受賞作、芥川賞候補作の新版。

吉森大祐
幕末ダウンタウン
新撰組隊士が元芸妓とコンビを組んで、舞台を目指す!? 前代未聞の笑える時代小説！

デボラ・クロンビー
西田佳子 訳
警視の慟哭
キンケイド警視は警察組織に巣くう闇に、ジェマは閉ざされた庭で起きた殺人の謎に迫る。

講談社タイガ
内藤了
禍事
〈警視庁異能処理班ミカヅチ〉
異能事件を発覚させずに処理する警察。東京という闇に向き合う彼らは、無傷ではいられない——。

講談社文芸文庫

柄谷行人

柄谷行人対話篇III 1989－2008

東西冷戦の終焉、そして湾岸戦争を通過した後の資本にどう対抗したらよいのか？根源的な問いに真摯に向き合ってきた批評家が文学者とかわした対話十篇を収録。

かB20
978-4-06-530507-2

フローベール　蓮實重彥 訳

三つの物語／十一月

解説＝蓮實重彥

フD1
978-4-06-529421-5

生前発表した最後の作品集「三つの物語」と、若き日の恋愛を描き『感情教育』の母胎となった「十一月」。『ボヴァリー夫人』と並び称される名作を第一人者の訳で。

さいとう・たかを 戸川猪佐武 原作 歴史劇画 大宰相〈第二巻 鳩山一郎の悲運〉
さいとう・たかを 戸川猪佐武 原作 歴史劇画 大宰相〈第三巻 岸信介の強腕〉
さいとう・たかを 戸川猪佐武 原作 歴史劇画 大宰相〈第四巻 池田勇人と佐藤栄作の激突〉
さいとう・たかを 戸川猪佐武 原作 歴史劇画 大宰相〈第五巻 田中角栄の革命〉
さいとう・たかを 戸川猪佐武 原作 歴史劇画 大宰相〈第六巻 三木武夫の挑戦〉
さいとう・たかを 戸川猪佐武 原作 歴史劇画 大宰相〈第七巻 福田赳夫の復讐〉
さいとう・たかを 戸川猪佐武 原作 歴史劇画 大宰相〈第八巻 大平正芳の決断〉
さいとう・たかを 戸川猪佐武 原作 歴史劇画 大宰相〈第九巻 鈴木善幸の苦悩〉
さいとう・たかを 戸川猪佐武 原作 歴史劇画 大宰相〈第十巻 中曽根康弘の野望〉
佐藤 優 人生の役に立つ聖書の名言
佐藤 優 戦時下の外交官〈ナチス・ドイツの崩壊を目撃した吉野文六〉
佐藤 優 人生のサバイバル力
斉藤詠一 到達不能極
佐々木 実 竹中平蔵 市場と権力〈「改革」に憑かれた経済学者の肖像〉
斎藤千輪 神楽坂つきみ茶屋〈禁断の"盃"と絶品江戸レシピ〉
斎藤千輪 神楽坂つきみ茶屋2〈突然のピンチと喜寿の祝い膳〉
斎藤千輪 神楽坂つきみ茶屋3〈想い人に捧げる鍋料理〉
斎藤千輪 神楽坂つきみ茶屋4〈頂上決戦の七夕料理〉
作画：蔡 志忠 訳：和田武司 監修：野末陳平 マンガ 孔子の思想

作画：蔡 志忠 訳：和田武司 監修：野末陳平 マンガ 老荘の思想
作画：蔡 志忠 訳：和田武司 監修：野末陳平 マンガ 孫子・韓非子の思想
佐野広実 わたしが消える
司馬遼太郎 新装版 播磨灘物語 全四冊
司馬遼太郎 新装版 箱根の坂(上)(中)(下)
司馬遼太郎 新装版 アームストロング砲
司馬遼太郎 新装版 歳 月(上)(下)
司馬遼太郎 新装版 おれは権現
司馬遼太郎 新装版 大 坂 侍
司馬遼太郎 新装版 北斗の人(上)(下)
司馬遼太郎 新装版 軍 師 二 人
司馬遼太郎 新装版 真説宮本武蔵
司馬遼太郎 新装版 最後の伊賀者
司馬遼太郎 新装版 俄(上)(下)
司馬遼太郎 新装版 尻啖え孫市(上)(下)
司馬遼太郎 新装版 王城の護衛者
司馬遼太郎 新装版 妖 怪(上)(下)
司馬遼太郎 新装版 風の武士(上)(下)
司馬遼太郎 戦 雲 の 夢〈レジェンド歴史時代小説〉

司馬遼太郎 海音寺潮五郎 新装版 日本歴史を点検する
司馬遼太郎 井上ひさし 新装版 国家・宗教・日本人
司馬遼太郎 陳 舜臣 金 達寿 新装版 歴史の交差路にて〈日本・中国・朝鮮〉
柴田錬三郎 お江戸日本橋(上)(下)
柴田錬三郎 貧乏同心御用帳
柴田錬三郎 新装版 岡っ引どぶ〈柴錬捕物帖〉
柴田錬三郎 新装版 顔十郎罷り通る(上)(下)
島田荘司 御手洗潔の挨拶
島田荘司 御手洗潔のダンス
島田荘司 水晶のピラミッド
島田荘司 眩（めまい）暈
島田荘司 ア ト ポ ス
島田荘司 異 邦 の 騎 士〈改訂完全版〉
島田荘司 御手洗潔のメロディ
島田荘司 P の 密 室
島田荘司 ネジ式ザゼツキー
島田荘司 都市のトパーズ2007
島田荘司 21世紀本格宣言
島田荘司 帝 都 衛 星 軌 道

講談社文庫　目録

講談社文庫　目録

2022年12月15日現在